엄마의 자장가

글 이경미

ChosunMedia
조선ⓜ북
여성조선

이 책을
사랑하는 부모님께
바칩니다.

여는 글

언젠가 엄마에게 "어쩌자고 몸도 약한 여자가 다섯 명이나 되는 자식을 낳았어?" 하고 물어본 적이 있다. 그때 엄마는 이렇게 대답했다. "손가락이 다섯 개잖아. 다섯 손가락이 뭉치면 힘이 나오는 거야. 힘!"

치매에 걸린 엄마는 지금도 '힘'이라는 단어를 좋아한다. "힘" 소리가 들리면, 주먹을 쥐고 전쟁터에 나가는 여신처럼 한 손을 높이 올리며 "힘!" 하고 크게 외친다.

그렇다. 엄마의 인생은 마치 전쟁터에 나가는 여장군 같았을 거다. 풍족한 집안에서 태어나 오로지 '피아니스트'의 길을 걷다가 6·25전쟁을 겪고 인생의 바닥부터 다시 올라와야 했다. 유학을 꿈꾸던 중에 자신만 바라보는 해바라기 같은 남자를 만나 다섯 아이를 낳고 그 아이들을 사랑과 정성으로 키웠다. 엄마는 누구보다도 강했고, 마치 봄 햇살처럼 누구보다도 따스했다.

이런 엄마가 치매에 걸리다니, 처음 5년 동안은 받아들이기가 너무 힘들었다. 더구나 이 시기에 나도 유방암 선고를 받았다. 이 15년이라는 긴 세월 동안 참으로 여러 일이 있었다. 내 인생의 '희로애락(喜怒哀樂)'이 15년 안에 다 담겨 있지 않나 할 정도로 소중한 시간인 것은 틀림없다.

막막하고 어둡던 시기, 엄마를 두고 내 삶을 포기할 수는 없었다. 나는 용기를 내어 항암치료를 받기 시작했다. 어쩌면 매 순간이

고통이었지만, 또 매 순간이 살아야 한다는 의지와 희망으로 가득 찬 시간이기도 했다. 내 곁에 엄마가 있었기에 삶에 대한 절실함이 더 커졌다. 어찌 보면 치매를 앓는 아기 같은 엄마가 나를 살린 것이다.

15년 동안 엄마를 돌보면서 나는 내 안에 숨겨져 있던 '모성애'를 발견했다. 이전까지 피아노에 온 삶을 걸었다면, 이제는 방향을 틀어 엄마에게 내 남은 시간을 쓰기로 했다. 이 시기 동생 도형이가 심근경색으로 쓰러져 수술을 받았다는 소식을 전해 왔다. 내 가슴은 찢어질 정도로 아팠다. 도형이는 자기 몸이 그 지경인데도 엄마와 나를 돌보느라 정작 자신의 건강은 소홀히 했던 것이다. 퇴원한 후에도 도형이는 아무렇지도 않다는 듯 행동했다. 여전히 엄마를 씻기고, 먹이고, 재웠다. 엄마 머리도 예쁘게 빗질해 주고, 손에 매니큐어도 칠해 주었다. 이런 자상한 모습이 내 마음을 더 서글프게 했다.

밖에서 보기에 우리 남매는 남부러울 것 없는 삶을 사는 사람들이다. 유명 피아니스트에 유명 안과 의사니 말이다. 그렇지만 이 세상에 아픔 하나 없는 사람이 몇이나 될까? 하늘은 한 사람에게 모든 것을 다 주지 않는다. 내게 어떤 고난이 왔을 때 그 고난을 어떻게 바라보고 지혜롭게 건너느냐가 우리에게 주어진 숙제가 아닐까….

치매에 걸린 엄마를 돌보면서 나는 우리 가족을 더 깊이 사랑하게 되었다. 또 내가 평생 몰랐을 모성애가 무엇인지도 알게 되었다. 나와 남동생 도형이의 경험이 치매 부모님을 모시고 있는 분들에게 조금이나마 도움이 되었으면 한다. 내 경험으로는 사랑만이 모든 어려움의 해결책이었다.

엄마와 결혼해 70년 동안 따뜻한 남편으로 곁을 지키고, 지금도 치매에 걸린 엄마를 24시간 돌보고 있는 내 아버지께, 이 책을 바친다.

2024년 5월, 이경미

CONTENTS

6장

치매 가족 돌보기

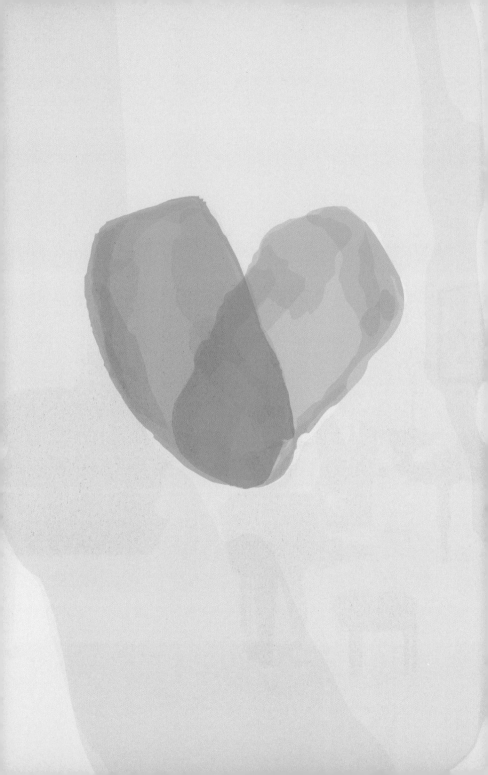

1장

가족은
나의 힘

♥

우리 엄마가
치매라고?

엄마가 치매를 앓은 지 곧 15년이 된다. 치매 증상이 시작된 건 엄마 나이 70대 중반이었다. 그 당시에는 치매라는 병이 잘 알려지지 않아 치매에 관한 책도 별로 없었다.

부모가 치매에 걸려도 가족끼리만 알고 있고, 무슨 죄라도 지은 사람처럼 '쉬쉬'하면서 이를 어쩌나 하고 한숨만 쉬던 시절이다. 너무나 갑작스럽게 다가온 이 질병에 대해 우리 사회는 제대로 된 지식도 대처법도 없었다. 다만 옛날 노인들이 "오래 살면 큰일이야. 벽에 똥칠하면 자식들이 무슨 고생이야." 또는 "저 정신 나간 노인네, 맨날 저리 돌아다녀. 길바닥에 오줌도 싼다잖아." 하고 수군거리는 병이 바로 '치매'로 여겨지는 정도였다.

어느 날 목욕탕에 갔더니 한 아주머니가 사우나에 앉아 있는 나를 붙잡고 친정어머니가 몹쓸 병에 걸렸다며 서럽게 울었다. 치매에 걸린 어머니가 소리소리 지르며 가족들을 때리고 물건을 집어 던져 집안이 온통 아수라장이라는 것이다.

"나는 벌 받을 거야! 내가 너무 힘들어서 잠시 미쳤었나 봐. 글쎄 내가 내 엄마를 붙잡고 '이제 고만 죽어.' 하고 말해 버렸어."

이 말을 하고 아주머니는 '엉엉' 울기 시작했다. 떨면서 흐느끼는 이 가련한 낯선 여성을 나는 오래도록 꼭 안아 주었다.

"부모님이 정신 멀쩡할 때 잘해 드려야 해. 정신 나가면 해결 방법이 없어. 비극이 따로 없다니까. 난 교인인데 천당 못 갈 거야." 아주머니의 그 말에 나는 마치 권사님이나 된 것처럼 "아니에요. 천당 가실 거예요. 최선을 다하세요."라고 말한 뒤, 내 눈물 콧물까지 수증기에 섞여 있는 사우나실을 빠져나왔다.

♥

내 엄마 오이숙은
피아니스트

15년 전에 갑자기 찾아온 엄마의 치매는 우리 가족에게 '충격' 그 자체였다. 우리 모두 엄마는 세월이 가도 늙지 않을 거라고 생각했었다. 적어도 치매란 단어는 상상도 못 했다.

특히 나는 어릴 때부터 엄마에게 피아노를 배웠고, 엄마와 함께 세계 각국으로 연주 여행을 다녔다. 직장인 경남대학까지 같이 다닐 정도로 엄마는 내 영혼의 동반자였다. 이런 엄마가 치매에 걸렸다니, 믿을 수가 없었다. '같은 음식 먹고 같은 공기 마셨는데 왜 하필 엄마만? 설마, 알츠하이머? 웃기시네. 들어 보지도 못한 치매에 걸렸다니, 그럴 리가 없어.' 하고 절대 믿지 않았다.

막내 도형이는 엄마에게서 치매 초기 증상이 보인다고 했다. 길을 잃어버린다든가, 같은 질문을 자꾸 물어본다든가, 기분 변화가 들쑥날쑥하고, 말이 없고, 자주 우울해하고 등. 그때마다 나는 그게 대수로운 일이냐고 생각했다. '모두 부인은 못 하지만, 나도 자주 길에서 헤매는데? 기분이 들쑥날쑥? 설마 나만큼 성격이 괴팍할까? 우울? 나는 매일 우울한데?' 하면서 엄마의 치매 증상을 부정했다.

엄마는 기억력이 무척 좋았다. 웬만한 것은 한 번 들으면 외울 만큼 비상한 기억력의 소유자였다. 딱히 전화번호부가 필요 없을 정도로 금세 머릿속에 저장하고는 했다.

가족들이 엄마의 치매를 의심하자 나는 엄마를 피아노 방으로 데려갔다.

"우리 이숙이 모차르트 소나타 〈터키 행진곡〉 쳐 볼까?"

"난 연습 안 해도 다 외울 수 있어."

엄마는 신이 나서 바다르체프스카가 작곡한 〈숲속의 메아리〉, 〈음파〉 등을 악보 없이 땀을 뻘뻘 흘리며 치고 있었다.

"브라보! 브라보!" 식구 모두가 박수를 쳤다.

나는 겉으로는 말도 안 되는 소리라고 했지만, 어느 순간부터 엄마의 치매를 조금씩 받아들이고 있었다. 엄마가 30년 단골인

미용실에 가는 길을 잊어버려 다시 집으로 돌아온 적이 있었다. 그 일이 있고 난 후, 나는 미용사 언니에게 집으로 출장을 와 달라고 부탁했다.

드디어 엄마의 정밀 검사일이 다가왔다. 날짜가 다가올수록 내 마음도 불안해지고 있었다.

'저 연세에도 암기로 피아노 연주를 하는데, 70대에 무슨 치매?' 아닐 거라고 마음을 다독였지만, 한편으로는 이런 마음도 들었다. '피아노 연습도 안 하는데, 저 나이에 한 음도 안 틀리고 칠 수 있다는 게 더 이상한 거 아닐까?'

너무나도 갑자기 엄마에게 찾아온 이 고약한 병마와 싸우기에는 우리 가족은 무방비 상태였다. 전쟁터에 무기도 없이 속옷 차림으로 나가는 군인이나 마찬가지였던 셈이다.

♥

엄마가 뿔났다

엄마는 아침부터 제일 멋있는 옷을 입고 병원 갈 준비를 하고 있었다.

"여보, 나 어때?"

"병원 가는 데 너무 요란하지 않아?"

"아니, 아들 병원에 가는 거니까 예쁘게 하고 가야지. 부스스하게 하고 가 봐, 이도형 교수 엄마 무지 촌스럽더라 그럴걸. 이런 말 들어야 쓰겠수?"

목걸이에 향수에 최고로 멋을 부린 엄마는 우황청심환을 우적우적 씹으며 병원으로 출발했다.

'어? 우황청심환은 내가 연주 전에 먹는 건데?' 엄마가 조금 긴장을 한 것 같았다. 얼마 후, 병원에 있는 도형이에게서 전화가 걸려 왔다.

"누나, 귀요미 큰일났어! 엄마가 의사가 자기 무시한다고 진단 안 받겠다며 집으로 갔어."

자초지종을 들어 보니 의사 선생님에게 진료 보기 전에 질의문을 작성하는데 "1+3은? 오늘은 며칠? 나이는 몇 살?" 등 유치한 질문에 엄마가 모멸감을 느껴 열 받은 상태였단다. 근데 하필이면 간호사가 "환자분, 빨리 쓰세요!"라며 재촉을 했고, 이 말이 엄마에게 결정타가 된 모양이었다. 여기까지만 들어도 내 머릿속에 대충 그림이 그려졌다.

원래 열이 많은데 자존심 상하는 상황이 벌어졌고, 청심환까지 우적우적 먹었으니 더 열이 나서 씩씩거렸을 것이고, 그래서 얼마 전 스페인에서 산 카르멘 레이스 부채로 요란하게 부채질을 하고 있었을 것이다. 아침부터 그리 미모에 신경 쓰고 가더니….

자존심이 상한 엄마는 곧장 의사 선생님 진료실로 들어가 갑자기 평양 사투리로 이렇게 말했다고 한다.

"내래 평양에서 김일성 장군 앞에서 연주를 했던 사람이외다. 북조선에서 초등학교 때 전국 1등을 했다 그 말입니다. 어제도 피아노 연습 했씀미다. 남조선 학벌도 좋씀미다. 이화여자대학교 피아노과 고 신재덕 교수 제자이고, 졸업 후에 미국 유학이 예정되어 있었는데, 결혼하고 아이를 다섯 명이나 낳다 보니까 안방교수가 됐지만, 내래 여기서 유치한 질문이나 받을 사람이 아니다 이 말입매다. 알갔습매까?"

정신과 의사 선생님은 현명했다.

"아, 어머니! 죄송합니다. 어머니 너무 젊으시고 아름다우십니다. 아이고, 아직 피아노 연주를 하십니까? 대단하십니다."

일단 엄마 기분을 풀어 주고, 동생하고 따로 이야기를 나누고 싶어 했다.

선생님은 도형이에게 어머니 같은 치매 환자는 제일 치료하기 어려운 분이고, 상담식의 치료는 불가능하다고 했다. 새로 나온 신약이 있는데 그 약을 쓰면 잃어버리는 기억을 늦출 수 있으니 오늘부터라도 약을 써 보는 것이 어떠냐는 제의를 했다. 신약이 나왔다는 것이지, 효과가 있다는 말은 아니었다. 그리고 다음 면담은 정해 주지 않았다. 한마디로 잘린 것이다.

나도 암기력은 뒤지지 않는데, 내 암기력은 오직 피아노 암기할 때만 실력이 발휘된다. 머리가 유난히 좋은 사람이 치매에 걸릴 확률이 높다고 일본 동경 긴자 거리에 있는 어느 책방에서 틀림 없이 읽은 적이 있다. 그때는 '치매'에 대해 관심이 없었지만, 늙으면 인지 능력이 저하된다고 쓰여 있는 것을 본 기억이 났다. 어느 책방인지 어렴풋이 떠오르는데 책방 이름은 생각나지 않았다.

일본은 이미 고령화가 심각한 사회문제로 대두되어 꽤 많은 연구가 진행되고 있고, 다양한 서적들 또한 출간되었다. '그때 치매에 관한 책을 몇 권 사 왔어야 했는데….' 하는 아쉬운 마음이 들었다.

'띵똥' 초인종 소리가 울렸다. 엄마는 슬픈 표정이 되어 돌아왔다.
"내가 죽을병에 걸렸나 봐. 의사가 약만 먹으라고 하고, 이제 병원에 안 와도 된대."
'잘리면 미련 없이 나와야지. 약은 왜 이리 잔뜩 갖고 와? 무슨 수가 있겠지, 죽기야 하겠어?' 나는 한가득 받아 온 약을 바라보며 구시렁거렸다.
"죽을병에 걸렸으면 의사가 수술을 하자고 하지. 도형이하고 전화했는데, 여행도 다니고 맛있는 것 먹고 '지화자, 조타!!' 하면서 재미나게 지내면 감쪽같이 좋아진다고 하네. 이숙이 러시아 상트페테르부르크에서 연주 끝내고 불란서 파리에 들러서 세느 강 유람선 탔잖아. 그때 샴페인 너무 맛있다고 홀짝홀짝 먹다가 우리 둘이 술에 취하는 바람에 배에서 못 내려 경찰들이 호텔까지 데려다줬지? 생각나?"

"그럼 그럼, 생각나지. 너무나 재미있었지."

"이제부터 '지화자~ 조타' 하면서 재미나게 살자. 어때? 좋지?"

엄마는 마술에 걸린 사람처럼 반짝반짝한 눈으로 기쁜 숨을 들이마셨다. '하하 호호' 하는 두 모녀와 달리 아버지는 갑자기 화장실에 들어가서 한참 동안 나오지 않았다.

♥

잔인한
2009년 5월

2009년 신(神)이 선택한 계절의 여왕 5월은 참으로 내게는 가혹했다. 삼성병원 암센터 주치의 남석진 교수님은 며칠 전 조직 검사한 자료를 보며 난감한 얼굴로 "이경미 씨~"를 외쳤다. 교수님이 말씀을 시작하기도 전에 내가 먼저 입을 열었다. "아, 교수님! 전 괜찮아요. 그동안 앞만 보고 살았어요. 너무 피곤해서 잠이나 실컷 자는 것이 제 소원이에요. 마릴린 먼로도, 케네디 대통령도 다 굵고 짧게 살았어요. 모차르트, 쇼팽, 멘델스존도 주옥같은 명곡을 남기고 마흔 살도 못 넘기고 죽었잖아요. 그것 보다도 얼마 전부터 엄마가 이상해졌어요. 아직 일흔 살 중반인데, 머리핀이 없어졌다고 하루 종일 온 집안을 뒤지고, 도우미 아줌마를 의심하기도 해요. 이 상황에 제가 암에 걸렸다고 하면 부모님 두 분 다 틀림없이 쓰러지실 거예요. 수술이든 방사선 치료든 뭐든 하겠지만 머리카락은 안 돼요. 저에게 긴 머리카락은 트레이드마크고, 분신과도 같은걸요. 엄마는 제가 아기 때부터 아침에 일어나 제일 먼저 머리를 세 가닥으로 따 주시고 하루를 시작했대요."

내 말은 두서없이 이어졌다.

엄마와 나는 유난히 똑같이 생겼다. 엄마는 긴 진통 후에 태어난 나를 보고 "오모나? 나랑 너무나 닮았구나야~" 하고 깔깔 웃었다고 한다. 엄마와 나는 전생에 엄마와 딸, 혹 그 이상의 깊은 인연이 있었던 것이 확실하다. 이런 두 모녀에게 한 번도 경험하지 못했던 시련이 다가오고 있었다.

엄마는 치매라는 병을, 나는 유방암이라는 죽음의 그림자를 안고 싸워야 했다. 2009년은 정말 가혹한 한 해였다. 그 힘든 시기를 이겨 낼 수 있었던 것은 엄마를 보살펴야 한다는 사명감 혹은 깊은 사랑이 있었기 때문이다.

이제 나는 유방암 완치 판결을 받았다. 하지만 엄마는 여전히 나를 엄마로 부르면서 "노래하고 춤추고 재미나게 지내자~" 하며 방실방실 웃는다.

엄마의 치매는 이제 15년이 되어 가고 있다. 10년이면 강산도 변한다고 했다. 너무나 맞는 소리다. 옛날 사람들은 어찌 알았을까? 10년 동안 수없이 반복되었던 크고 작은 실수들. 완벽주의에 명석한 두뇌의 소유자 그리고 아름다운 미모, 나의 롤 모델이었던 엄마가 점점 어린아이가 되어 가는 그 모습을 도무지 납득할 수 없었고, 이런 현실을 받아들이기가 무척 어려웠다.

'내가 정신 차리고 최선을 다해 이 상황을 해결해야지. 엄마가 나를 어떻게 키웠는데.'라고 마음을 강하게 먹었지만, 쉽지 않았다. 하루에도 몇 번씩 찾아오는 유방암 약의 후유증으로 인해 팔다리가 저릿저릿할 때는 원망이 절로 나왔다. '왜 하늘은 하필 나에게 이런 시련을, 그것도 2배씩이나 주는 거야? 뭔가 잘못된 것 아니야? 이건 아니야. 너무 가혹하잖아?' 하며 이불을 뒤집어쓰고 '엉엉' 울었던 적이 한두 번이 아니다.

엄마는 치매, 나는 유방암. 두 모녀가 한 집에서 마치 약속이라도 한 것처럼 죽음이란 세계로 여행을 떠나듯, 아니 전쟁터에 나가는 여장군처럼 비장한 각오로 이 세상을 떠날 준비가 되어 있었던 것 같다. 불행 중 다행은 엄마의 치매는 이미 진행돼 있어 내가 암이라는 사실을 말해도 이해하지 못했다는 것이다.

"너는 무슨 약을 이렇게 많이 먹니?" 하고 자꾸 물어보긴 했지만, 그것 외에는 내가 암이라는 사실에 별 신경을 쓰지 않았다. 엄마는 엄마만의 시간 여행을 미리 떠났고, 나는 엄마의 뒤를 좇아가는 그런 모습이었다. 과거에도 항상 함께 연주 여행을 다녔던 것처럼.

나는 지난 5년 동안 엄마를 엄마가 아닌 '내 딸'이라고 생각해 왔다.

나는 미혼이고, 물론 아이도 없다. 지금껏 모성애라는 단어는 나와 상관없는 그런 단어였다. 하지만 이제 모성애라는 단어의 뜻을 조금은 알 것 같다. 엄마는 예쁘고 순하고 사랑스러운 내 딸이니까. 모차르트는 "사랑, 사랑만이 해결책"이라고 했다.

얼마 전부터 기회가 온다면 꼭 '엄마의 치매 일기'를 써 보고 싶었다. 개인의 업적이나 명예를 위한 것이 아닌, 치매 환자의 머리와 가슴속을 들여다볼 수 있는 노하우 등이 담긴, 나와 엄마가 함께 일궈 낸 치매 환자를 위한 교과서 말이다.

내가 쓴 글을 다시 읽다가 낄낄 웃기도 하고 눈물 콧물 범벅으로 눈이 퉁퉁 붓기도 했다. 그리고 내가 만든 주문을 읽으며 다짐하고 또 다짐한다.

"나는 오늘도 최선을 다할 것이다. 그리고 절대 후회하지 않는다. 내가 돌봐 줘야 할 사랑하는 내 딸 오이숙 여사를 위해서…."

♥

유방암이 뭔데?

남석진 교수님과의 상담 결과, 방사선 치료 28번, 항암제 치료 4년이 결정되었다. 한 달 동안의 폐경을 유도하는 주사 등으로 인해 나는 한순간에 여성호르몬이 날아가고 갱년기 모드로 들어가 지금까지 단 한 번도 겪지 못한 또 다른 내가 되어 가고 있었다. 도형이와 나는 차 안에 멍하니 앉아 한동안 아무 말도 하지 않았다. 도형이는 삶의 의욕이 없는 내가 못마땅한 것 같았다.

"엄마 어떡하지?"

"지금 엄마가 문제가 아니라 이경미가 문제야! 엄마는 나이가 들어 치매라고 치고, 이경미는 '암'이야. 암."

"옛날부터 난 점쟁이가 단명한다고 했어. 담담해."

"아니야! 결혼만 안 하면 똥칠할 때까지 산다고 했어."

"하느님은 예술가는 늘 가까이 곁에 두길 원하셔서 난 천당 갈 수 있어."

"그건 믿음이 강한 사람 이야기고, 누나같이 필요할 때마다 하느님 찾는 것은 사이비 종교인이야. 집에 도착하면 사실대로 말하자. 숨긴다고 해결될 문제가 아니야."

도형이는 운전하면서, 갱년기가 시작되면 나타날 견디기 힘든 후유증에 대해 이러쿵저러쿵 끊임없이 말을 했다. 나는 듣는 둥 마는 둥 하면서 창밖을 바라보고 있었다. 이 심각한 상황에서 갑자기 조용필의 노래가 내 귓가에 맴돌았다.

"누가 사랑을 아름답다 했는가~" 내 버전으로 "누가 내 삶을 아름답다 했는가~" 집에 도착하는 순간까지 나는 조용필 노래를 흥얼거리고 있었다.

나는 "나 왔다."하고 애써 발랄한 척을 했지만, 도형이는 차가운 의사처럼 할 말이 있으니 다들 식탁에 모이라고 했다.

"경미가 유방암이래."

순간 아빠는 눈가에 눈물이 핑 돌았다. 하지만 엄마는 달랐다.

"어? 나도 유방암이래? 난 싫어 싫어. 난 아니지?" 딸이 암에 걸렸는데 슬퍼하지는 않고 도리어 본인 걱정을 하고 있었다. 나는 좀 당황했고, 솔직히 서운했다.

엄마는 계속 "아프면 학교 가서 아이들 안 가르쳐도 되지? 나랑 매일 동무하는 거지?" 하고 너무나 기뻐했다.

웃어야 할지, 울어야 할지…. 딸이 암에 걸렸다는데 전혀 슬퍼하지 않는 엄마라니, 서러운 마음이 들었다.

엄마의 반응에 아빠와 도형이는 속된 말로 '벙'쪄 있었고, 나는 엄마에게 "그럼~ 이숙아! 이숙이하고 맨날맨날 '지화자, 조타' 놀아야지! 당분간 마산에 피아노 가르치러 안 가도 돼." 했다. 그러자 엄마는 박수를 치며 어린아이처럼 좋아했다.

그 순간 나는 엄마의 기막힌 반응이 너무 웃겨 '푸하핫!' 웃기 시작했다. 두 남자는 끝까지 얼굴이 굳어 있었고, 두 모녀는 "이 판에 노래 한 곡 할까? 얼씨구, 좋다. 지화자 좋구나, 짠!" 하며 실실거렸다. 나는 나랑 같이 있고 싶어 하는 엄마의 모습을 보면서 '내가 엄마를 위해서라도 살아야겠다.'고 처음으로 내 삶의 끝자락에 매달리기 시작했다.

♥

불행 중 다행

나의 유방암 치료는 남들보다 훨씬 수월했다. 물론 각종 후유증으로 갖은 고생은 했지만, 완치 판정이 나기까지 7년 동안 나와 엄마는 수많은 시간을 함께하며 엄마가 여성으로서 살아온 여정을 알아가기 시작했다.

야속하게도 이전까지 나는 나만을 위해 살았다. 그래서 엄마가 어떤 삶을 살아왔는지, 어떤 음식을 좋아하는지, 아낌없이 베풀어 주는 엄마에 대해서는 아무것도 알지 못하고 있었다.

우리 엄마는 미스코리아 뺨치는 예쁜 외모의 피아니스트였고, 딸 넷에 아들 하나, 다섯 아이의 엄마였다.

엄마는 체질이 허약했다. 홀어머니의 외아들인 아빠하고 결혼해 연이어 아이를 갖게 됐다. 신장결핵을 앓고 있던 엄마는 아이를 출산하면 병원에 몇 달씩 입원하곤 했다. 우리 가족이 일본 동경으로 가기 전까지 엄마는 수시로 병원을 오갔다.

살림은 친할머니가 도맡아 하고, 고모도 같이 팔을 걷어붙이고 도왔다. 나는 홍익국민학교를 다녔는데, 서교동에 살던 외할머니가 초등학교 2학년 무렵까지 키워 주셨다. 그즈음 우리 가족은 일본에 가게 되었다.

외할머니는 신의주 부잣집에서 태어나 검사인 외할아버지와 결혼해 평양에서 신혼살림을 시작했다. 당시는 일제강점기였는데, 할머니는 일본 무사시노음대에서 성악을 전공하며 프리마돈나의 꿈을 키웠지만, 아버지의 뜻에 따라 검사인 외할아버지와 결혼을 하게 되었다. 이후 딸 여덟에 아들 두 명, 슬하에 열 남매를 두었다.

외할아버지는 여자도 새 세상이 오면 자립을 해야 한다며 딸들 모두 피아노를 배우게 했다. 하지만 엄마만 남다른 재주와 끈기로 피아노를 계속 공부했고, 다른 딸들은 피아노는 외울 게 많고 연습량도 많은 데다 어렵기까지 하니 차라리 공부를 하겠다고 해서 의사나 교육자의 길을 걷게 되었다.

엄마는 어릴 때부터 남달리 재주가 뛰어났다. 성악을 전공한 외할머니는 일본에서 평양으로 발령을 받았다는 아베 피아노 선생님에게 엄마의 피아노 연주를 들려주고 스승이 되어 줄 것을 부탁했다.

엄마의 피아노 실력은 나날이 향상되었고, 드디어 북조선 전국 피아노 콩쿠르에서 대상을 거머쥐며 상금으로 모스크바 청소년 음악원의 입학증을 손에 넣을 수 있었다.

그 시기 김일성이 평양에 입성했고, 음악을 좋아하는 김일성은 천재 소녀가 있다는 소문을 듣고 엄마의 연주를 듣고 싶다며 연락을 해 왔다.

엄마는 자주색 비로드 드레스에 머리에는 꽃 리본을 달고, 빤짝빤짝 빛나는 애나멜 구두를 신고 김일성 앞에서 연주를 했다고 한다. 엄마의 연주가 너무나 마음에 들었던 김일성은 온 식구가 한동안 먹을 수 있는 쌀가마니와 과자, 사탕 등을 검정색 자동차에 잔뜩 실어 선물했다.

엄마는 외국에서 손님이 올 때마다 파티에 불려 가 피아노 연주를 하곤 했다. 하지만 평화로운 시간은 그리 오래가지 않았다. 6·25전쟁이 터진 것이다.

♥

외할머니의 고향 생각
_ 열 명이나 되는 자식과 손자를 데리고 38선을 넘다

6·25전쟁은 하루아침에 일어나지 않았다고 한다. 외할머니와 같이 사는 동안 할머니는 마치 옛날 얘기를 들려주듯이 북조선의 고향 이야기를 많이 해 주셨다. 날이 갈수록 북쪽은 공산화되는 것 같았지만, 그렇다고 공산주의가 뭔지 확실히 몰랐다고 한다. 다만 부유한 집들은 재산이고 땅이고 다 **빼앗긴다**는 정도로 알고 있었다고. 그런데 어느 날 큰 삼촌이 평양의 명문 이중고등학교 학생회의에서 갑자기 마이크를 잡고 강단에 올라가더니 공산주의와 김일성 욕을 퍼붓기 시작했다. 큰 삼촌은 머리가 좋기로 유명했는데, 정치에 관심이 있는 청년은 아니었다. 외할아버지는 미리 남한에 내려가 있었다. 외할아버지 부재중에 터진 일이라 외할머니는 경찰이 들이닥치기 전에 급히 짐을 싸서 일꾼들과 아이들 열 명을 데리고 평양을 떠났다.

초창기의 38선은 누구나 왔다 갔다 할 수 있을 정도로 아주 허술해서 할머니는 엄마를 뺀 모든 자식들의 가방에 금붙이를 한가득 넣고 탈북 안내원의 도움으로 38선을 여덟 번이나 넘었다. 엄마는 피아니스트가 될 사람이니까 가방에 무거운 금붙이가 아니라 피아노 책 몇 권만 넣고 마치 소풍 가듯이 남쪽으로 내려왔다고 한다. 남쪽에 가까워질수록 외할머니는 엄마 손을 잡고 한동안 북쪽을 바라보곤 했다.

'북으로 돌아가면 이숙이가 모스크바음악원에 갈 수 있을까?'

외할머니는 마지막 순간까지 어린 딸이 피아니스트가 되기를 바라는 마음에 러시아행을 포기하기 어려웠다고 한다. 당시 문화 수준은 북쪽이 훨씬 앞서 있었다. 외할머니는 고민 끝에 큰 소나무가 있는 남쪽 언덕으로 발길을 돌려야만 했다.

♥

엄마의 오랜 상처

치매에 걸렸다고 기억이 하루아침에 지워지지는 않는다. 초기 증상은 4가지 단계를 거쳐 점점 악화된다.

1. **불안** – 유난히도 침착하고 깔끔한 성격의 엄마가 언제부터인

가 물건을 잘 잃어버리고, 얌전히 있다가도 이 방 저 방을 왔
다 갔다 한다.
2. **불만** - 자신의 마음이 이렇게 불안한데 주위 사람들이 자신
의 마음을 이해해 주는 것 같지 않아 속상해 한다.
3. **불신** - 언제나 오는 도우미 아줌마를 의심하기도 하고, 전에
만난 적이 있는데 기억하지 못한다.
4. **폭언과 폭력** - 조금만 서운해도 지나치게 화를 내거나 물건
을 던진다.

지금 돌이켜 생각하면 나는 이 4가지 초기 증상에 대해 대처를
잘못한 것 같다. 책에서도 치매 초기 증상에 관해 읽어 봤지만,
엄마의 반응은 책에서 읽은 것보다 훨씬 강했다. 그리고 지금도
계속되는 심한 잠꼬대가 추가로 나타났다. 또 엄마는 지나치게
두려워하고 소리에 무지 민감해서 천둥 번개 소리, 비행기 소리
도 싫어한다. TV에 나오는 무섭게 생긴 남자 배우조차도 싫어
한다. 엄마의 정신이 돌아왔을 때 난 엄마한테 슬쩍 물어봤다.
"엄마는 뭐가 제일 무서워?"
그러자 엄마는 6·25전쟁 이야기를 들려줬다.
"옛날에 남쪽으로 피난을 가는데, 폭탄이 여기저기서 터져 하늘
이 떨어지는 줄 알았어. 시체들도 많이 봤지. 길가에 시체들이

쌓여 있는 거야. 군인들도 많이 봤는데, 어느 쪽이 북이고 남인지 알아야지. 남자들은 다 무서웠어."

내가 미리 알았더라면, 엄마 마음을 살포시 보듬어 줬을 텐데. 엄마가 당시 중학교 2학년이었으니 기억에 생생하게 남았을 텐데. 안타까운 마음이 들었다.

치매 환자의 머릿속에는 과거의 여러 기억들이 뭉쳐 있다. 행복했던 기억, 슬펐던 기억, 무서웠던 기억. 너무나 많은 기억들이 머릿속을 맴돈다. 치매에 걸렸다 해도 다양한 감정들은 보통 사람들과 똑같다. 특히 어린 나이부터 음악을 공부한 엄마는 더 예민하고 섬세했을 것이다. 피란민으로 겪었던 고난은 사춘기 소녀에게는 평생 감당하기 힘든 응어리로 남아 있었다.

엄마의 치매 초기 증상에 재빨리 대처했어야 했지만, 나는 변덕스럽게 변해 버린 엄마의 모습에 화가 나서 하늘을 원망하느라 5년이란 긴 세월을 우울하게 보냈다.

치매가 의심스럽다는 의사의 판단을 받았을 때, 냉정하게 내 엄마가 아닌 '여자, 오이숙'으로 엄마의 머리와 가슴속을 자세히 들여다봤어야 했다. 그리고 엄마를 이해하고 쌍둥이 친구처럼 보듬어 줘야 했다. 그랬다면 훨씬 편한 시간을 보낼 수 있었을 텐데, 그때는 그러지 못했다. 어떻게 해서라도 예전의 엄마로 되돌리려는 욕심과 미련을 버리지 못하던 시기였다.

♥

이제 일어나!
나 심심해!

나는 항암 치료를 계속 받아야 했고, 심한 무기력증으로 침대에
누워 있는 시간이 많아졌다. 엄마는 내가 자고 있는지 일어났는
지 일찍부터 내 방문을 열었다 닫았다 하고 있었다. 그리고 더
이상 참을 수 없었는지 큰 소리로 말했다.
"이제 그만 일어나라우. 고조 심심해서 죽겠구나야. 하루 종일
말을 안 하니 침이 다 마른 것 같구나. 내가 제일 아끼는 것을
줄 테니 나랑 놀자꾸나야."
엄마는 소중하게 싼 작은 주머니에서 진주 반지를 꺼내 내 손가
락에 끼워 주었다. 생각해 보니 요 며칠 내가 누워만 있었다.
"이숙이 심심하게 해서 미안해. 나도 이제 일어나야지. 이숙이
가 좋아하는 동경에 가서 이숙이가 사고 싶은 것 다 사 줄게."
"정말? 정말? 나 그러면 짐 싼다!"
엄마는 어린아이같이 좋아했다. 아니 어린아이가 되어 가고 있
었다. 항암 후유증에서 벗어나도록 나를 일으켜 세워 준 것은
어쩌면 엄마일 것이다.
나는 '내가 정신을 차려야지. 엄마를 놓고 포기하면 안 돼.' 하고

다시 용기를 내어 동경 갈 짐을 싸기 시작했다. 두 모녀는 언젠 가부터 엄마와 딸이 아닌 친구로 변해 가고 있었다. 나도 엄마 에게서 지난 엄마의 모습을 찾지 않기로 했다.

♥

우리 가족에게 온 천사

나에게는 피아노를 너무나 좋아하는 남동생이 있다. 도형이는 어려서부터 대부분의 시간을 나와 같이 보냈다. 엄마는 늘 병원 에 있었다. 내가 피아노를 연습할 때 도형이는 그랜드피아노 밑 에 들어가 자동차 장난감을 갖고 놀았다.

2009년 내가 유방암 판정을 받자 도형이는 병원을 휴직하고 가 사도우미로 나섰다. 유방암 환자를 위한 식단을 공부하고, 손수 장을 보고, 일주일에 다섯 번 방사선 치료를 받는 나를 꼬박 데 리고 다녔다.

이렇게 생각하면 너무 냉정할지 모르지만, 딸이 힘들어하는 모 습을 보는 것보다 엄마가 먼저 치매에 걸린 것이 다행일지도 몰 랐다. 엄마는 도형이가 만들어 주는 음식을 너무 맛있게 먹고 행복해했다.

"이렇게 맛있는 것만 먹어도 되는 거이가? 일본도 간다고 했는데 진짜 가는 거이가?"

"그럼 그럼. 이제부터 우리가 아직 가 보지 않은 나라도 가고, 아주 재미나게 살 거야."

"와, 신난다!"

엄마는 박수를 치며 좋아했다.

이 상황을 어떻게 설명해야 하나? 다른 형제들은 부모님을 모시고 사는 도형이와 나에게 항상 미안해했다. 그리고 누구보다 이 상황을 가슴 아파했다.

나는 인복이 참 많다. 그중에서 한 사람을 뽑자면 당연히 내 남동생이다. 도형이는 피아노를 좋아해서 누나가 무대에서 연주하는 모습을 누구보다 기뻐한다. 연주회 날 입을 드레스부터 신발, 화장까지 도형이의 손길이 안 닿는 곳이 없다.

게다가 어떤 동생이 누나가 유방암에 걸렸다고 직장을 휴직하면서까지 돌볼 수 있을까? 도형이는 당시 일본 온천에서 요양하던 환자가 암을 극복했다는 소식을 듣고, 마치 여행사라도 차린 것처럼 일본 방방곡곡의 온천을 알아보면서 나를 데리고 다녔다.

내가 초등학교 2학년, 도형이가 세 살 무렵, 아버지가 동경에 위치한 한국 대사관으로 발령을 받았다. 이후 우리 가족은 동경에서 7년을 살았다. 어릴 때 갔으니 TV나 만화책을 보면서 자연스럽게 일본어를 익힐 수 있었다.

엄마는 동경에 도착하자마자 여러 경로를 통해 피아노, 첼로, 바이올린 선생님을 알아보았다. 미국이나 독일 유학을 마치고 귀국한 연주자들을 찾아 우리에게 맞는 교육을 받게 했다. 실기뿐 아니라 시청, 청음 등 이론 수업까지 받았다. 지금 되돌아봐도 많이 앞서간 교육 방식이었다.

엄마는 모든 면에서 시대를 앞서갔다. 1970대 일본에는 맥도날드, 켄터키후라이드치킨 등 다양한 패스트푸드 매장이 들어왔고, 서양에서 희귀한 물건들도 많이 유입되었다. 일본에 출장이나 여행을 온 한국 사람들은 돌아갈 때 코끼리밥솥 하나쯤 사들고 가던 시대였다.

지금은 한국 라면이 훨씬 맛있고 세계적인 상품이 되었지만, 당시 우리는 일본에서 라면을 처음 먹어 봤다. 간식으로 먹던 달걀 맛 또한 일품이었다. 엄마는 우리가 맛있다고 하는 음식은 모두 사 주었다. 일본이 최고의 경제 호황을 누리고 있을 때 그곳에 머물렀으니, 호기심 많고 예쁜 것 좋아하는 엄마에게는 신나는 여행지였던 셈이다. 비록 타국이지만, 엄마 인생에서 가장 화려하고 행복했던 시기가 이때였던 것 같다.

거짓말처럼 엄마의 건강도 좋아졌다. 엄마가 아프지 않으니 나도 덩달아 신이 났다. 엄마는 어릴 적 평양에서 배운 일본 말이 다 기억났는지, 자연스럽게 일본어를 구사했다.

엄마와 도형이가 없었다면 나는 '피아니스트'가 되기 어려웠을 것이다. 도형이는 항상 나의 든든한 지원군이었다. 엄마가 나를 피아니스트로 키웠다면, 도형이의 헌신적인 희생과 격려는 나를 지금 여기까지 오게 했다. 또한 도형이 없이는 엄마의 치매를 돌보기 어려웠을 것이다.

유방암에 걸린 누나와 치매에 걸린 엄마를 양쪽 등에 업고 살아야 하는 동생의 현실이 너무 야속하고 불쌍했다. 한동안 '내 사주가 너무 세서 그런가?' 하고 고민도 했다. 동생이 너무나 무거운 짐을 맡아야 했던 지난날을 생각하면 여전히 눈물이 난다. 그리고 내게 천사 같은 동생을 주신 하늘에 늘 감사하게 된다.

♥

일본에서 보낸
어린 시절

엄마는 왜 치매에 걸렸을까? 삶이 그리 지겨웠을까? 자식들도 시집가서 잘 살고, 효자 사위도 있는데, 뭐가 그리 급해 기억을 없애고 싶었을까? 나는 한동안 곰곰이 생각에 빠져들곤 했다.

내 인생은 그다지 평범한 삶은 아니었다. 한국, 일본, 미국, 러시아에서 생활했고, 지금도 그곳에는 나를 아껴 주는 친구들이 있다. 이들의 기도와 도움이 없었다면 힘든 시기를 버티기 어려웠을 것이다. 특히 나의 가장 친한 친구는 엄마였다. 엄마는 항상 내 분신과도 같은, 나의 그림자다.

나는 1970년대 후반 초중학교를 일본에서 보내고, 잠시 한국으로 귀국했다. 1970년대 일본은 정치적으로 매우 혼란스러운 시기였다. TV에서는 연일 북한이 한국보다 훨씬 잘 살고 자동차 산업도 활발하다고 전했다. 김일성의 연설도 자주 보도하면서 세금 없고, 교육비와 의료비가 무료이고, 누구나 똑같은 월급을 받고, 모두에게 직장을 준다며, 이런 '파라다이스' 같은 곳은 세계 어느 곳에도 없다고 했다. 그러면서 재일 교포들을 향해 '만경호'를 타고 북한으로 가라는 광고성 보도를 하기도 했다.

우리는 엄마에게 "TV에 나오는 저 뚱뚱한 아저씨가 엄마 피아노 치는 거 좋아하던 사람이야?" 하고 물어보기도 했다. 엄마는 어린 우리에게 "어, 엄마가 어릴 때 평양에서 살 때. 근데 다 무서운 군인이 되었다고 해서 서울로 이사 온 거야. 그 덕분에 지금 맛있는 햄버거도 먹고, 콜라도 마시고 하지." 하고 답했다. 우리는 "아, 잘했다! 근데 저 아저씨 너무 뚱뚱하다." 따위의 소리를 하며

'하하 호호' 웃음꽃을 피웠다. 우리는 사회주의고 민주주의고 다 관심이 없었다.

하지만 내가 중학교에 올라갔을 때 '김대중 납치 사건'이 동경 한복판에서 일어나 세상을 떠들썩하게 했다. 이 사건의 여파로 일본 사람들이 제일 싫어하는 나라로 한국이 꼽히게 되었다. 재일 동포들이 일본 사람들에게 손가락질을 받거나 하면 나도 모르게 눈치를 보게 됐다. 일본 언론은 하루 종일 이 사건을 보도했다. 대사관에 근무하던 친구 아버지들이 갑자기 사라지고, 친구들도 학교에 나오지 않는 경우가 발생했다.

일본 뉴스에서는 한국 중앙정보부가 동경 팔레스호텔에서 김대중 씨를 납치해 바다에 버리려고 했는데 미국의 경고를 받아 할 수 없이 서울 동교동 집 앞에 버렸다고 전했다. 이를 두고 중앙정보부가 단독으로 벌인 일인지, 아니면 대통령이 관련된 일인지 하루 종일 토론을 벌이기도 했다. 어린아이들이 보기에 짜증이 날 정도였다.

이 와중에 아버지는 촌스러울 정도로 머리를 짧게 자르고 서울을 오고 갔다. '아버지는 이 난리 통에 가만히 집에 있지, 말썽 많은 서울을 왜 가는 거지?' 나는 아버지의 행방이 몹시 궁금했다. 당시 나는 신문을 읽고 TV 시사 토론을 즐겨 보았다. 엄마는 이런 나를 칭찬하는 한편, 우려스러운 눈빛을 보낼 때도 많았다. 나는 한국 사람이지만, 한국과 일본의 양면성을 모두 갖고 있는 정체성이 불투명한 사춘기 소녀였기 때문이다.

엄마는 정치적으로 혼란스러웠던 일본에서 다섯 명이나 되는 아이들을 돌보면서 어떻게 하면 더 훌륭한 교육을 시킬 수 있을지 늘 고민했다.

알고 보니 아버지의 서울 나들이 장소는 '청와대'였다. 박 대통령은 처음부터 일본에서 올라오는 중앙정보부의 보고서를 의심하고 경찰 출신인 아버지를 주일 대사관으로 파견시켰다. 그리고 서류 보고 대신 직접 청와대로 건너와 대면으로 보고하기를 원했다. 이것이 당시 청와대 경호실장 차지철의 미움을 산 계기가 되었다. 결국 아버지는 '부마항쟁' 때 경찰 옷을 벗게 된다. 이 일이 정치 비화인지는 모르겠지만, 훗날 아버지 말에 따르면 박 대통령은 김대중 사건과 자신은 무관하다고 말했다고 한다. 박 대통령은 아버지에게 어린 자식들도 많은데 이왕 일본에 머물게 되었으니 오래 머물면서 일본어를 잘 익히도록 하라며 본국 귀국을 늦춰 주었다. 아버지가 6년 반 동안 동경에서 근무하게 되어 우리의 일본어 실력도 점점 늘어났다. 유창하게 일본어를 구사하게 된 우리 형제는 일본 사람보다 일본어를 더 잘하는 아이들이 되었다. 언어의 장벽을 뛰어넘으려던 엄마의 소원이 이루어진 셈이다.

♥

살려 주세요

일본에서 자유분방하게 살았던 내게 한국 생활은 그다지 흥미롭지 못했다. 더구나 군사정권 시절이어서 나라 안팎이 시끄러웠다. 특히 교련 수업이 너무 싫었던 나는 결국 학교를 중퇴하고 6개월간 미국 유학을 준비했다. 당시는 군인이 여권을 내어 줄 때여서 국내에서 열리는 피아노 콩쿠르에서 입상을 해야 해외에 나갈 수 있었다. 나는 집에서 엄마랑 보내는 날이 많아졌다.

일본에 있었을 때는 아버지가 주일 대사관에서 근무했기 때문에 외교관인 줄 알았는데, 한국에 와서 보니 부산시경 국장인 경찰이었다. 부산에서는 연일 학생들이 데모를 하고 있었다.

TV 뉴스에 자세히 보도는 안 됐지만, 엄마 아빠의 대화를 통해 사태의 심각성을 짐작할 수 있었다. 우리 집 전화마저 도청되는 것 같다는 느낌이 들자, 엄마는 공중전화로 아빠하고 통화를 하기도 했다. 부산 못지않게 서울에서도 학생들의 데모가 끊이지 않았다. 특히 이대, 연대, 서강대 등 유난히 대학이 많은 동교동은 언제나 시끄러울 수밖에 없었다. 이곳에 자리 잡은 우리 집은 수류탄 냄새에 자주 시달렸다. 내가 피아노 연습을 하고 있으면, 종종 초인종이 울렸다. 인터폰을 켜면 가느다란 목소리로 살려 달라고 애원하는 학생들의 소리가 들렸다. 그럴 때마다 나는 잽싸게 이들을 집 마당 아카시아나무 밑에 숨겨 주고 물도 가져다주었다. 아무도 시키지 않았지만, 그래야 할 것 같았다. 그리고 "힘내세요! 힘내셔야 해요!" 하고 격려까지 했다. 누가 아군이고 누가 적군인지도 모르는데 말이다. 아버지는 경찰 고위 간부인데, 딸은 가라는 학교는 안 가고 데모꾼을 집 마당에 숨겨 주는 이 상황을 어떻게 설명해야 할지…. 엄마의 고민은 늘어 갔다. 엄마는 나의 미국행을 서두르기 시작했다.

♥

1979년 부마항쟁

우리 형제들은 아버지가 고위 경찰 간부라는 것을 한국으로 귀국한 뒤 TV를 보고 알았다.

TV를 켜면 아버지가 군인처럼 예복을 입고 부마항쟁에 관해 브리핑하는 모습이 자주 나왔다. 우리는 "어머, 왜 아빠가 저기에 나오지? 저 옷은 또 뭐야? 언제 샀대?" 하면서 놀랐다. 뭔지 모르겠지만, 상황이 아버지에게 좋지 않은 쪽으로 돌아가는 듯했다.

점점 유신 독재 정권에 항의하는 대학생들이 늘어 가고 있었다. 마산과 부산에 기반을 두고 있는 신민당 총재 김영삼을 국회에서 제명시키자, 그 파장은 걷잡을 수 없이 커졌다.

하루는 엄마가 내 미국 유학 준비로 명동 다방에서 여행사 직원을 만나는 도중에, 옆에 있는 공중전화에서 전화를 하던 기자(또는 대학생)의 통화를 엿듣게 되었다. 그 사람은 아주 작은 목소리로 이제 곧 부산에서 폭동이 일어날 거라고 했다. 엄마는 집에 오자마자 아버지에게 이 이야기를 전했다.

아버지는 "지금은 너무나 조용하다."라고 했고, 엄마는 예감이 이상하다며 "폭풍 전야는 조용한 법"이라고 했다. 아니나 다를까 결국 사달이 나고 말았다. 아버지는 사복으로 갈아입고 하루 종일 부산역 일대의 좁은 골목길까지 돌아다녔다.

부마항쟁은 대학생들이 단순히 공부하기 싫어서 혹은 김영삼의 광팬들이어서가 아닌, 민주주의를 갈망하는 민주화 운동이었다. 시장 아주머니, 아저씨들까지 가게문을 닫고 아기를 등에 업고 주먹밥을 나르며 학생들을 지지하고 있었다. 유신 독재 정권은 더 이상 갈 곳이 없었다.

청와대 경호실장 차지철은 몇 번이나 경찰이 강하게 진압해야 한다며 밀어붙이라고 명령을 내렸지만, 그때마다 아버지는 그 의견을 묵살했다. 도리어 연행된 학생들을 다시 풀어 주고, 무기창고 열쇠도 끝까지 갖고 있었다. 영화 〈남산의 부장들〉에 부마항쟁에 관한 이야기가 잠깐 나온다. 이 영화에서도 차지철은

"계엄령을 선포하고 쓸어버리자."고 하고, 김재규는 "헬기로 부산을 가 보니 과잉 진압하면 더 큰일이 난다."고 말한다. 맞다. 아버지 말에 의하면 김재규는 정말 헬기를 타고 부산에 왔다. 그리고 많은 사람들이 흥분해 있을 때 '피'를 보면 사태는 걷잡을 수 없게 된다고 판단했다.

며칠 후 아버지는 백지에 도장을 찍고, 무기창고 열쇠와 함께 경찰 옷을 벗게 되었다. 다행히 아버지가 부산시경 국장으로 있었을 때만큼은 단 한 명도 다친 사람이 없었다. 그때 아버지 나이가 오십이었다.

♥

엄마의 예지 능력

이 시기가 엄마 아빠의 인생에서 제일 힘든 시기가 아니었나 싶다. 아버지는 박정희 대통령과 독대해 현실적인 상황 등을 전하곤 했지만, 대통령은 결국 과잉 충성을 하는 사람들에게 빠져 언젠가부터 현명한 판단을 내리지 못하게 된 것이 아닌가 싶다. 차지철의 미움을 받게 된 아버지는 자칫하면 안기부로 끌려갈 수도 있는 상황이었다.

아버지는 민주주의를 외치는 대학생들을 보면서 내 자식이 생각나 도저히 윗선의 명령을 따를 수 없었다고 한다. 그런 아버지의 결정에 엄마는 더 흥분해서 외쳤다.

"여보! 걱정 말아요! 당신 못살게 구는 그 사람, 꼭 산 도둑같이 생겨서 관상도 하관이 쭉 빠진 게 무슨 일이 일어나도 일어날 거야. 동교동 언덕에 있는 그 사람 집터도 꼭 흉가 같더라니까. 얼른 정리하고 서울로 와요."

그렇다. 엄마는 신기(神氣)가 강했다. 사람 관상도 잘 보고, 사주도 잘 풀었다. 엄마의 예언대로 남에게 몹쓸 짓을 한 그 사람은 결국 비참한 최후를 맞았다.

아버지가 부산에서 서울로 올라오고 난 뒤 우리 집에는 각종 선물이 밀려들었다. 감옥에 갇힌 아들을 풀어 주어 고맙다, 내 딸을 무사히 보내 주어 감사하다는 메모와 함께 학생들의 어머니들이 보내 온 쌀, 콩, 밀가루 등이었다. 이 정성 어린 곡식들은 한동안 꾸준히 이어졌다.

하루는 아버지가 가족회의를 한다고 다섯 형제 모두 모이라고 했다. 그리고 부산시경 국장을 왜 그만둬야 했는지 자세히 설명한 뒤 우리에게 의견을 물었다.

우리 형제들 모두 '용기 있는 결단'이었고 아버지가 자랑스럽다고 말했다. 아무리 권력이 좋아도 살인을 할 수는 없지 않느냐고도 했다.

엄마는 땅문서와 얼마간의 예금통장 등을 우리에게 보여주면서 "엄마 아빠가 갖고 있는 것은 이게 전부인데, 너희가 훌륭한 사람이 되어서 아빠의 한(恨)을 풀어 줄 수 있겠니?"라고 물었다. 우리는 다 같이 주먹을 쥐면서 "까짓것, 하지 뭐! 걱정 마! 할게!"라고 씩씩하게 답했다.

나는 얼마 후 미국의 North Carolina School of the Arts라는 기숙사가 있는 예술학교로, 트렁크 하나 들고 떠났다. 내 나이 열일곱 살이었다. 한 번도 가 보지 않은 미국이라는 나라로 겁도 없이 날아간 것이다. 내가 부모님에게 힘을 줄 수 있다면 그보다 더 기쁜 일이 없을 것 같았다. 한순간에 직장을 잃은 아빠에게 무엇보다 용기 있는 모습을 보여 주고 싶었다.

♥

미국에서의
만남

미국 유학 생활을 시작한 지 6개월 후 엄마에게서 전화가 왔다. 바이올린을 연주하는 동생 경신이가 며칠째 밥도 안 먹고 울고 있다는 것이다.

자초지종을 들어 보니 사회 시험을 보는데 "가장 바람직한 국가는?"이란 질문에 북한에 동그라미를 그렸다는 것이다.

일본에서 돌아온 지 얼마 안 됐기 때문에 경신이는 한국말에 익숙하지 않았다. 당시 서울에 큰 태풍이 불어 강력한 바람이 거리를 휩쓸었다. 이 바람 때문에 피해를 본 사람이 한두 명이 아니었다. 흔히 안 좋은 일에 "남자가 바람났다."라는 표현도 많이 쓴다. 그래서 경신이는 바람이란 단어를 아주 나쁜 말이라고 여겼던 것이다.

거기까지는 별 문제가 없었는데, 예원학교 친구들이 "너 이제 큰일 났다. 안기부에 끌려가서 물고문 당하고, 여기저기 얻어터지고, 전기고문도 당한다."며 놀린 것이다. 경신이는 이 말에 패닉이 오고 말았다.

난 경신이를 충분히 이해했다. 결국 경신이를 내가 있는 미국에 데려오기로 결정을 내렸다. 나는 엄마가 보내 준 경신이의 사진과 연주 실황 녹음테이프를 들고 바이올린 주임 교수님을 찾아갔다. 그리고 우리 집 사정을 설명하면서 장학금을 꼭 받아야 한다고 간절히 부탁했다. 당시 외국에 비친 한국은 정치적으로 매우 혼란스러웠고, 뭐 하나 내세울 것이 없는 약한 나라였다. 다행히 장학금이 나왔고, 경신이를 만난 지도 교수는 이렇게 아름다운 동생을 우리 학교에 소개해 주어 고맙다는 인사까지 했다. 그때 경신이 나이 열네 살이었다. 엄마는 오직 나만을 믿고 열네 살 소녀를 멀고 먼 나라로 보낸 것이다. 나는 열일곱에 경신이의 보호자가 되었다. 이때의 기억 때문인지 곧 환갑을 맞는 경신이에게 나는 여전히 보호자이며 어머니다.

10월 초, 갑자기 서울에 있어야 할 아버지가 우리가 있는 미국 학교에 나타났다. 아버지는 학교 근처의 호텔에 숙소를 잡았다. 마침 나는 교내에서 주최하는 협주곡 콩쿠르에서 우승해 연주회에 참석할 수 있었다. 기회가 좋을 때여서인지 아버지의 방문이 더 뜻깊고 기뻤다. 나중에 안 사실이지만, 아버지는 안기부를 피해 미국에 온 것이었다. 부마항쟁 때 상부의 명령을 거역한 괘씸죄는 피해갈 수 없었던 것 같다.

우리 집 위쪽 언덕에 살고 있던 차지철의 힘은 하늘을 찔렀고, 엄마는 이런 상황을 몹시 불안해했다. 이화여자대학교에 다니는 경선 언니와 경진이가 해를 입지 않을까 노심초사하며 하루하루를 보내던 차에, 검정 옷을 입은 남자들이 집 밖을 서성이는 일이 일어났다. 다행히 아버지는 아침 일찍 출타를 한 터였다. 아버지에게 전화가 오자 엄마는 안기부에서 집을 감시하는 것 같으니 급히 여권을 만들어 오늘 중으로 일본이나 미국으로 떠나라고 당부했다.

그렇게 아버지는 그날 밤 미국행 비행기에 올랐다. 하지만 영문을 몰랐던 경신이와 나는 오랜만에 아버지를 만나 너무나 즐거운 시간을 보냈다.

나의 연주를 듣고 환호하고 박수 치는 청중들의 모습에 아버지는 그저 눈물을 흘렸다. 아무 일도 없다는 듯이 아버지는 우리를 데리고 백화점에 가서 구두를 사 주고 중국집에 들러 오리고기도 함께 먹었다. 아버지가 우리 곁에 머무는 시간 내내 웃음이 끊이지 않았다. 그야말로 꽃 피는 '봄날'이었다.

하루는 TV를 보고 있는데, CNN 뉴스 속보로 김재규가 박정희 대통령과 차지철을 총으로 쏘아 죽였다는 보도가 흘러나왔다. 남한에서 쿠데타가 일어났다고 난리였다. 아버지는 뉴스를 듣자마자 바로 짐을 싸기 시작했다. 서울에 있는 가족들이 걱정되어 바로 한국으로 돌아가야 한다고 했다. 만약 이 일이 일어나지 않았다면 아버지는 미국으로 망명 간 신세가 되어 엄마와 생이별을 한 채 살았을지도 모른다.

아빠가 서울에 도착해 보니, 그사이 엄마의 얼굴은 반쪽이 되어 있었다고 한다. 어찌 보면 엄마의 정확한 판단력이 아버지를 살리고 우리 가족을 살린 것이다.

엄마는 중요한 순간마다 항상 놀라운 판단력으로 가족들이 고비를 넘길 수 있도록 영향력을 발휘했다.

2장

절망 속에 핀 행운

♥

엄마가 맺어준 인연
_ 세계적인 지휘자 오자와 세이지

살면서 중요한 결정을 내릴 때마다 엄마의 의견이 큰 도움이 되었다. 엄마는 지혜롭고 박식했다. 그래서 가족들 모두 엄마의 말에 귀를 기울였다. 대한민국에서 엄마만큼 똑똑한 사람이 있을까? 어린 날의 나는 정말 그렇게 생각했다.

고등학교 2학년 여름 무렵, 보스턴 심포니 오케스트라가 8주 동안 미국 메사추세츠의 LENOX라는 마을에서 Tanglewood Music Festival(탱글우드 음악 페스티벌)을 열었다. 상임 지휘자는 세계적으로 유명한 일본인 지휘자 오자와 세이지가 맡았다. 나는 피아노 부분에 뽑혀 이 페스티벌에 참여하게 되었는데, 장학금은 받지 못했다. 엄마에게 자초지종을 설명하자마자 "뽑힌 것만 해도 영광인데 무슨 장학금까지 바래? 우리가 동경에 살았을 때 오자와 세이지 음악회도 갔었지 않니? 너무 좋다야! 나도 가도 될까?"라는 답이 돌아왔다.
"그럼. 엄마는 나랑 같이 있으면 되지. 침대 하나 더 넣어 달라고 하고 말이야."

"혹시라도 오자와 선생님을 마주치면 일본 말로 예의 바르게 인사해야 한다. 엄마 말 명심해! 알았지?"

"알았어, 알았어."

아니나 다를까? 나는 그해에 8주 동안 오며 가며 오자와 선생님을 만났고, 그때마다 깍듯하게 인사를 건넸다. 그러던 어느 날 오자와 선생님이 내게 말을 걸었다.

"경미? 그러고 보니 이름이 이상하구나! 혹시 혼혈아니?"

"저, 한국 사람이에요."

"근데 무슨 일본 말을 이리 잘해? 나보다 잘하는걸! 너희 엄마도 대단하신 분이구나. 이렇게 어린 여자아이를 혼자 미국에 보내고…."

오자와 선생님은 일본에서 온 개인 매니저 히라사 모도(지금 나의 매니저)도 소개시켜 주고, 다른 학생들보다도 유난히 나에게 신경을 많이 써 주었다. 그리고 본인의 연락처와 보스턴의 명문인 뉴잉글랜드음악원도 소개시켜 주었다. 이때 맺은 인연은 40년이 넘도록 이어졌다. 엄마의 조언을 따랐을 뿐인데 평생 우정을 나눌 귀한 인연을 얻게 된 것이다. 유난히 예지력이 뛰어났던 엄마, 엄마는 하늘의 계시라도 받는 걸까? 아니면 우연의 일치로 이 모든 것이 이루어진 것일까?

♥

하늘의 별이 되다
_ 오자와 세이지

나는 오자와 선생님이 추천해 주신 보스턴의 뉴잉글랜드음악원
에 들어갔고, 보스턴 심포니는 학교에서 도보로 5분 거리에 있
었다. 보스턴에 와 보니 오자와 선생님은 하늘의 별이었다. 선
생님 연락처를 갖고 있어도 감히 전화를 걸 수 있는 처지가 아
니었고, 나는 그저 미국에 온 어린 유학생일 뿐이었다.

대학교 2학년 겨울방학에 한국에 나왔다가 보스턴으로 돌아가
는 길이었다. 엄마는 이민 가방 두 개에 밑반찬부터 배추김치,
깍두기, 갈비, 불고기 등을 한가득 채웠다. 당시 나는 학교에서
도보로 15분 거리에 있는 그린하우스라는 곳에 살았다. 학생이
살기에는 조금 호화스러운 아파트였다. 기숙사에서 나온다고
하니 걱정이 된 엄마가 직접 와서 골라 준 곳이었다. 방 하나가
붙은 작은 아파트에 경진이와 경신이까지 합류해 세 자매가 함
께 생활하기를 바란 엄마의 계획이었다. 흩어져 사는 것보다 모
여 살면 집세며 생활비도 절약되니 더 낫다는 엄마의 판단은 옳
았다. 엄마의 바람대로 우리는 같은 대학에 다니면서 장학금을
받아 피아노, 첼로, 바이올린을 전공했다.

뉴욕을 경유해 보스턴으로 가기 위해 뉴욕공항에서 4시간 정도 대기하고 있을 때였다. 공항 면세점을 오가며 구경하고 있는데 누군가 뒤에서 큰 소리로 내 이름을 외쳤다.

"경미야! 경미야!"

'어? 누가 내 이름을 부르지?' 뒤돌아보니 오자와 세이지 선생님이었다.

"너 왜 여기 있는 거야? 그리고 연락은 왜 안 한 거고? 걱정이 돼서 혹시 이경미라는 학생이 있는지 학교에 전화를 해 보려고 했지."

"몇 번 하려고 했는데 선생님이 너무 유명하시더라고요."

선생님은 웃으면서 뭐라도 먹자며 비행기 탑승 게이트 근처에 있는 커피숍에서 샌드위치를 주문했다. 또 보스턴에 도착하면 짐 찾는 곳에서 다시 만나 아파트까지 데려다주겠다고 했다.

보스턴에 도착해 짐을 찾는데 오자와 선생님이 혀를 '끌끌' 찼다.

"얘야, 무슨 가방이 이렇게 무겁니? 날 만나서 다행이지, 혼자 이걸 어떻게 들려고 했어? 아이고 무거워라. 도대체 뭐가 들어 있는 거야?"

"엄마가 싸 준 깍두기, 배추김치, 갈비, 불고기, 각종 떡이랑 밑반찬이요."

"모두 먹을 것이란 말이야? 두 가방 전부? 다 내가 좋아하는 거잖아!"

선생님은 거의 흥분 상태로 어쩔 줄을 몰라 했다.

"엄마가 그때그때 먹을 수 있도록 냉동해서 싸 준 거예요."

"오, 세상에! 너무 미안한데 이 음식 나 좀 나눠 주면 안 될까?
내가 한국 음식을 너무 좋아하거든. 너도 알다시피 보스턴에 한
국 음식점이 있긴 하지만, 음악회가 끝나면 문을 닫잖아."

"그래요. 우리 엄마가 선생님 팬이에요. 이 소식을 들으면 좋아
하실 거예요."

"나도 전화드릴게."

오자와 선생님은 내가 살던 아파트까지 와서 운전기사와 함께
'낑낑'거리며 짐을 문 앞까지 옮겨 주었다.

"학생이 이렇게 좋은 아파트에서 살아도 되는 거야? 여기 생긴
지 얼마 안 돼서 와 보고 싶었거든."

"엄마가 곧 여동생들과 함께 살게 될 거라고, 그러면 생활비가
더 절약된다면서 골라 준 곳이에요."

"너희 엄마도 보통 분이 아니구나. 이번 주 토요일 음악회가 끝
난 뒤에 우리 매니저들과 함께 여기서 저녁 먹으면 안 될까? 일
은 우리가 다 할게. 내 한국 친구가 여기 산다고 자랑도 하고 싶
고 말이야."

"네, 네. 그러세요."

약속대로 음악회가 끝난 뒤 오자와 선생님은 보스턴 심포니의 핵심 매니저 3~4명을 데리고 와서 엄마가 보내준 각종 음식을 정말 맛있게 먹었다. 그리고 엄마에게 너무 감사하다는 전화 통화도 잊지 않았다.

선생님은 몇 년 만에 한국 음식을 맛있게 먹어 본다며 어린아이처럼 좋아했다. 게다가 보내 준 음식의 반을 가져가라는 엄마의 말에 함박웃음을 지으며 무척 기뻐했다. 이 사건 이후 엄마는 보스턴을 자주 방문해 음식 솜씨를 발휘했다. 엄마의 음식이 아니었더라면 40년 넘도록 이 귀한 인연이 이어질 수 있었을까?

이 글을 쓰고 있는데, 동경에서 오자와 선생님의 오랜 친구이자 매니저인 히라사에게 전화가 왔다. 눈이 내리는 새벽, 선생님이 천국으로 긴 여행을 떠났다는 내용이었다. 그 옛날 보스턴에 있을 때부터 선생님은 눈 오는 날을 좋아했다. 동경은 눈 내리는 날이 드문데 선생님 편하게 가시라고 눈이 내린 것 같았다. 나는 선생님에게 마음으로 작별 인사를 전했다.

내가 유방암에 걸린 다음 해에 선생님이 식도암에 걸렸다는 소식을 들었다. 나는 7년 후 완치 판정을 받았지만, 선생님의 투병 생활은 계속되었다.

오자와 선생님은 2004년 예술의전당에서 빈 필하모니와 함께

내한 공연을 펼쳤다. 이때 내게 전화를 걸어 음식 이야기를 하셨다. 갈비, 깍두기, 생마늘에 맥주를 마시고 싶다는 것이다. 그날 선생님이 양손에 갈비를 쥐고 맛있게 드시던 모습이 여전히 눈에 선하다.

지난 10년 동안 선생님은 가혹할 정도로 힘든 투병 생활을 했다. 부디 하늘에서는 아프지 말고 좋아하는 김치와 갈비도 마음껏 드셨으면 좋겠다. 지난 40년간 선생님은 나에게 음악적으로나 인간적으로 큰 나무 같은 존재였다.

오자와 세이지 선생님이 하늘나라로 갔다는 소식을 전하자, 엄마는 한동안 아무 말 않더니 "누군지 생각이 안 나는데."라고 했다. 그러나 엄마 눈가에는 눈물이 고여 있었다. 선생님은 나와 붕어빵처럼 닮은 엄마를 참 좋아했었다.

♥

가족의 상처
_1988년 서울올림픽

아버지는 부마항쟁 이후 공직 생활에서 물러났지만 가깝게 지내던 일본 지인이 운영하던 유기 데루 선박 회사의 고문이 되었다. 게다가 나는 내 피아노 연주를 좋아하던 어느 재일 교포의 장학금을 받게 되었다. 매달 2천 달러씩이나 되는 금액이었다. 내 피아노 공부도 나날이 향상되어 갔다. 내 작은 손과 비슷한 Jacob Maxin 교수님의 '날아다니는 테크닉'과 영롱한 진주 같은 소리 만들기에 중점을 두고 연습에 몰두하고 있었다. 협주곡 2~3곡쯤은 언제나 연주할 준비가 되어 있을 만큼 성실하고 차분한 유학 생활을 보낼 때였다.

그 시기 서울은 태풍의 눈 한가운데에 있었다. 정치적으로 매우 혼란스러웠고, 군부 세력이 등장하면서 너 나 할 것 없이 전두환이라는 인물에게 줄서기에 바빴다. 권력, 금력, 폭력 집단인 그들이 내 인생에도 영향을 줄 거라고는 상상도 못 하던 때였다.

1988년 서울올림픽은 세계에 대한민국을 알릴 좋은 기회였다. 대통령 암살, 광주 시민 학살 등 우울하고 무거운 분위기 속에서도 우리 국민은 힘을 합쳐 똘똘 뭉쳤다. 그리고 올림픽을 통해 해가 지지 않는 나라 대한민국의 저력을 보여 주었다. 하지만 이런 민족의 기쁨과는 다르게, 우리 가족은 충격과 분노 속에 놓여 있었다. 1988년은 우리 가족에게 악몽과도 같은 한 해였다. 이 일이 일어나지 않았다면 엄마가 치매에 걸리는 일도, 내가 유방암 투병을 하는 일도 없었을 거라고 생각한다. 그만큼 이 시기에 겪은 일들은 엄마와 내게 깊은 상처를 남겼다.

나는 당시 오자와 세이지 선생님이 속해 있는 카지모토 음악사무소에 소속되어 활발한 활동을 하고 있었다. 여기저기 음악회에 초대되어 연주를 하면서 산토리홀에서의 동경 데뷔를 준비하고 있을 때였다.

그러던 중 러시아 모스크바 필하모닉과 상임 지휘자 드미트리 키타엔코가 88년 서울올림픽에 초청되었다는 소식을 들었다. 우리나라에 내한하는 첫 러시아 연주 단체였다. 나도 피아노 협연자로 한·러 음악회 무대에 오르기로 말이 오갔고, 국내 모 신문사로부터 베토벤 피아노 협주곡 1번을 준비하라는 연락까지 받았다. 하지만 뭔가 마음이 개운치 않았다.

나는 보스턴에서 모스크바의 키타엔코 집에 전화를 걸었다. 키타엔코는 영어를 전혀 못 했지만, 부인은 어느 정도 가능했다. 키타엔코 부인의 말은 곡목을 네가 치고 싶어 하던 베토벤 피아노 협주곡 1번으로 정했는데 협주자 이름이 이경미가 아닌 다른 사람으로 바뀌 거론된다는 것이었다. 그녀는 뭔가 이상하니 한국 IOC에 의뢰해 보라고 당부한 뒤, 곧 미국 텍사스로 연주회를 가니 거기서 자세히 이야기를 나누자고 했다.

우리는 텍사스에서 만나 사전 리허설까지 마쳤다. 그런데 지휘자 키타엔코는 계속해서 뭔가 찜찜하다면서 일이 비정상적으로 돌아가는 것 같으니 조심하라는 조언을 해 주었다. 그 당시 나는 키타옌코의 말을 흘려들었다. 무엇을 조심해야 하는지 알 수 없었다. 엄마는 한 달 전부터 보스턴에 와서 연주회 준비로 바쁜 내 뒷바라지를 하고 있었다. 엄마뿐 아니라 함께 살고 있던 경신이와 경진이 모두 내가 연주에 집중할 수 있도록 배려해 주었다.

연주회는 점점 다가오는데 피아노 협연자 이름이 공식적으로 발표되지 않았다. 그런 상황에서 엄마와 나는 동경을 경유해 서울로 가는 비행기에 올랐다. 잠깐 잠이 든 엄마는 심한 악몽을 꾸었는지 몹시 괴로워했다. 동경 공항에 내리자마자 엄마는 다시 미국으로 돌아가자는 말을 했다.

"경미야, 서울로 돌아가면 너는 안기부행이야! 꿈에 귀신들이 너를 잡으려고 난리를 치는데, 내가 아무리 소리 지르고 때려도 소용이 없었어. 일단 다시 미국으로 가자!"

엄마와 나는 동경에 도착하자마자 아버지에게 전화를 걸었다. 기내에서 꾼 꿈이 너무 무서워서 다시 보스턴으로 간다는 말을 하고 우리는 미국행 비행기에 올랐다. 아버지는 동경 산토리홀 데뷔를 잘하면 된다면서 오히려 내게 힘을 주었다.

"그나저나 몸살 나면 어쩌냐? 엄마 놀라지 않게 잘 다독이고, 맛있는 것도 사 드리렴."

역시 아버지다웠다. 아버지가 알아보니 그날 김포공항에 안기부 직원들이 깔려 있었다고 한다. 내가 나타나지 않자 탑승 리스트까지 뒤지면서 오지도 않은 '이경미'를 찾았다고 하니, 지금 생각해도 등골이 오싹하다.

♥

비운의
피아니스트

한·러 음악회는 하루 전 피아노 독주자가 다른 사람으로 발표되었다. 나는 그 소식을 모스크바 필하모닉 상임지휘자 키타엔코에게 먼저 전달받았다. 역시 러시아 쪽의 정보가 빨랐다. 협연자의 아버지가 한국 IOC 의원이라고 했다. 서울올림픽 행사를 총괄하는 아주 영향력 있는 인물이라고도 했다. 알고 보니 그 사람은 엄마와 아버지의 오랜 지인이었다. 안기부 출신으로, 청와대 경호실에 들어가 승승장구하고 있었다. 그의 부인은 엄마와 같은 이화여대 음악과 동창이었다. 권력을 잡으면 사람이 한순간에 변할 수 있다는 걸 이 시기에 뼈저리게 알게 된 것 같다.

엄마는 자신의 오랜 친구가 공권력까지 동원해 어린 딸을 상처 입혔다는 사실에 크게 분노했다. 특히 친구에 대한 배신감에 깊은 상처를 받고 매일 눈물을 쏟았다. 반대로 나는 아주 멀쩡했다. 동경 데뷔가 코앞이었던 데다가, 음악가는 실력으로 인정받아야지 누구누구의 딸이라는 것을 무기로 삼아서는 안 된다고 여겼기 때문이다. 이때 엄마는 얼마나 스트레스를 받았던지 하루아침에 백발이 되었다.

이 일은 입소문을 타고 멀리 퍼져 각 신문사마다 "올림픽 문화 축제의 옥의 티"라는 기사를 내기 시작했다. 용기 있는 기자들이 언론의 검열을 무릅쓰고 기사를 쓴 것이다. 이를 계기로 나는 '비운의 피아니스트'로 유명해졌다.

당시 이 사건을 기사화해 준 몇몇 기자분들은 여전히 내 연주회에 참석해 축하를 해 주신다. 너무 고마운 인연이다.

기사가 나고 얼마 안 되어 중앙일보 사업국 고 김영희 기자님에게 전화가 왔다. 중앙일보 주최로 독주회를 열어 주겠다는 제안이었다. 힘들어하던 엄마에게 큰 선물이 될 수 있어 감사했다. 두 달 후 나는 호암아트홀에서 독주회를 열게 되었다. 이 인연으로 고 김영희 기자님과 30년 동안 우정을 쌓았다. 그분은 나의 정신적 멘토였다. 그 당시 나의 첫 매니저였던 분이 지금의 크레디아 정재옥 대표님이시다. 이후 여기저기서 섭외 전화가 왔다. 〈이경미의 피아노 교실〉, 〈토요객석〉, 〈화제의 음악인〉 등을 통해 점점 내 이름이 알려지기 시작했다.

러시아에서도 서울올림픽 피아노 협연자가 IOC 의원의 딸로 바뀌치기 됐다는 소문이 나서, 그 소문을 들은 상트페테르부르크 심포니 오케스트라 상임 지휘자 알렉산더 드미트리예프에게서 연락이 왔다. 그는 내게 4개월 후인 9월 말에 정기 연주회를 함께할 수 있는지 의견을 물었다. 보스턴에 있던 나는 엄마와 함께 러시아로 향하기로 했다. 딸이 러시아 무대에 선다는 것만으로도 엄마는 몹시 행복해했다.

그 옛날 피아니스트의 꿈을 꾸던 엄마에게 러시아는 환상의 나라였다. 딸이 상트페테르부르크에서 데뷔하는 것은 엄마에게도 큰 영광이었다. 엄마는 마치 자신의 꿈을 이룬 것처럼 너무나 기뻐했다.

당시 러시아는 구소련이 붕괴된 직후라 위험하다고 말리는 사람도 있었다. 하지만 우리 모녀는 단호했다.

"더 힘든 일도 겪었는데, 가서 죽기야 하겠어!"

모두들 러시아 비자가 안 나올 거라고 예상했지만, 엄마와 나는 예술인 특수 비자를 받아 러시아로 향할 수 있었다. 왠지 시작부터 기분이 좋았다. 뭔가 행운이 따라 줄 것 같았다.

♥

자고 나니
유명해지더라

"하루 자고 나니 나는 유명해져 있더라."라고 누군가 말했다. 나
도 그랬다. 단 한 번의 연주로 지휘자 알렉산더 드미트리예프가
이끄는 상트페테르부르크 심포니 오케스트라와 30년 넘게 연주
를 이어가는 행운을 얻게 되었다. 현지 녹음 작업도 할 수 있게
되었다.

1992년 처음 러시아를 방문했을 때, 그곳은 거의 무정부 상태
였다. 고르바초프는 어디론가 사라졌고, 옐친 대통령은 언제나
술에 취해 있었다. 화폐 개혁이 일어나서 루블화는 아무 가치가
없었고, 달러나 유로화만으로 물건을 살 수 있었다. 상점에는
물건이 거의 없었고, 사람들은 빵을 사러 아침부터 긴 줄을 서
야만 했다.

하지만 예술가는 일반인보다 약간 나은 대우를 받았다. 리허설
을 하러 필하모니홀로 가는 길은 언제나 빵을 구하려는 사람들
로 붐볐지만, 필하모니홀을 들어서는 순간부터는 다른 세상이
었다. 자주색 커튼과 어마어마한 대리석 기둥 그리고 여섯 개의
빛나는 샹들리에, 이곳은 다른 세상이었다.

엄마의 자장가

2차 세계대전 당시에도 적군은 이 아름다운 도시와 필하모니의 샹들리에는 건드리지 않았다. 이곳에서 폭탄을 터트리면 신의 저주를 받을 것 같아서 그랬다는 것이다. 그만큼 푸틴의 고향 상트페테르부르크는 과거 귀족들이 살았던 성이 온전히 보존되어 있었다.

세상에서 제일 이해하기 힘든 것이 '인간의 뇌와 가슴'이라고 한다. 특히 인간의 마음을 자유롭게 움직이는 음악이나 그 음악을 자신의 세상으로 만들어 연주하는 피아니스트의 뇌는 과학자들도 풀기 어려운 숙제일 것 같다. 공산주의를 탄생시킨 레닌조차 예술가들의 숨통을 끊지는 않았다. 오히려 문화 예술인들에게 특혜를 주면서 이들을 이용해 서민들의 비참한 삶을 위로하는 것에 사용했다. 오래전부터 러시아인들의 진정한 친구는 예술이었다. 그래서인지 러시아 음악은 서방 음악과는 다르게 특유의 한(恨)이 맺혀 있다. 그들의 우수에 찬 눈망울, 비애, 아름다움 등 인간이 표현할 수 있는 온갖 종류의 감정이 담긴 음악이 바로 러시아 음악이라고 할 수 있다.

나라 분위기는 어수선했지만, 예술을 사랑하는 민족답게 음악회만큼은 예정대로 열렸다. 그들은 나의 모차르트 연주에 열렬한 환호를 보냈다. 사랑스럽고 발랄한 모차르트의 음악이 단숨에 그들의 가슴을 사로잡은 것이다. 연주회 다음 날, 신문 1면에 "동양에서 온 공주님"이라는 타이틀로 내 사진과 함께 기사가 크게 실렸다.

연주회가 끝났을 때부터 반응은 폭발적이었다. 청중들이 한 줄로 길게 늘어서서 우리 모녀를 기다리고 있었다. 그들은 우리에게 장미꽃 한 송이씩을 건네며 내 머리카락과 뺨을 어루만지기도 했다.

러시아에는 "훌륭한 피아니스트는 엄마가 만든다."라는 이야기가 있다. 그만큼 엄마의 노력과 뒷받침이 있어야 가능하다는 뜻이다. 특히 엄마의 미모는 러시아 사람들에게 호감을 불러일으켰다. 지휘자는 물론 매니저들까지 엄마의 미모를 칭찬하기 바빴다. 귀족의 도시인 이곳과 너무 잘 어울린다는 것이었다. 이런 칭찬을 듣고 기쁘지 않을 여자가 있을까? 그들이 엄마의 외모를 칭찬할 때면 내 기분도 덩달아 밝아졌다. 러시아 데뷔를 성공적으로 마치고 나니 그다음 해에도 와 달라는 초청이 이어졌다. 처음 이곳에 도착했을 때는 두려운 마음이 컸는데, 그들의 환대를 받으니 마치 내 고향 같다는 생각마저 들었다. 우리는 내년에 만날 것을 기약하고 프랑스 파리로 떠났다.

♥

엄마가 사랑하는
파리

러시아로 떠나기 전에 아버지는 연주가 끝나고 파리로 가면 며칠 푹 쉬면서 엄마가 좋아하는 프렌치 어니언 수프도 사 주고, 유람선도 태워 주고, 깡깡 쇼도 보고 오라며 따로 돈을 챙겨 주었다. 아버지는 자나 깨나 엄마의 건강이 걱정이었다. 몸도 약한 엄마가 정치적 상황에 휩쓸려 마음고생을 한 걸 꽤 미안해했다. 아버지는 공항에서부터 연주 잘하라는 인사는 없고, 파리에 들러 엄마가 갖고 싶어 하는 것, 보고 싶어 하는 것을 다 해 드리라는 당부만 했다. 아버지는 피아니스트였던 엄마의 꿈을 지켜 주지 못해 평생 미안한 마음으로 사셨다. 본인도 성악가가 되고 싶은 꿈을 접어야 했으면서 말이다.

파리에서 보낸 며칠이 나와 엄마에게는 최고로 행복한 날들이지 않았을까. 그 당시 파리는 그 어느 곳보다도 매력적인 도시였다. 지금은 물가도 오르고 외부에서 이민자들도 많이 늘어나 복잡해졌지만, 30년 전 파리는 평화롭기만 한 그림 같은 도시였다. 골목골목마다 운치가 흘러넘쳤다. 수많은 예술가들이 왜 그

토록 이 나라를 사랑했는지 단박에 알 수 있었다. 엄마는 대학생 때 본 프랑스 영화를 떠올리며 영화 주제곡들을 흥얼거리기 시작했다. 특히 엄마는 에디트 피아프의 노래를 좋아했다. 샹젤리제 거리를 걸으며 엄마가 부르는 에디트 피아프의 노래를 들었다.

"이 가수는 사랑에 빠져 있을 때만 명곡을 탄생시켰어. 그것도 자신보다 젊은 남자와 사랑에 빠졌지. 열정이 많은 여자였으니까. 노래만 들어 봐도 알겠지 않니? 그 열정 때문인지 오래 살지는 못했단다."

나에게는 엄마와 여행을 다니는 것이 유일하게 달콤한 휴식 시간이었다. 피아니스트의 인생은 잔인하다. 무대 위에서는 화려해 보여도, 워낙 연습량이 많아 갇혀 사는 시간이 대부분이다. 엄마는 내 이런 삶을 너무나 잘 이해하고 있었다. 그래서 좀 더 자유롭게 세상을 살게 해 주려고 노력했다.

멋쟁이 엄마는 향수 샤넬 NO.5를 좋아하고, 프랑스 배우들도 좋아했다. 우리는 일본 체인 호텔에 묵었는데, 일어가 통해서 불편함 없이 지낼 수 있었다. 엄마와 나는 오랜만에 아무 걱정 없이 마음껏 자유를 누렸다.

화려한 샹젤리제 거리를 처음부터 끝까지 터벅터벅 걸을 때도 있었고, 배가 고프면 아무 카페나 들어가 엄마가 좋아하는 수프도 먹고 디저트도 맛봤다. 밤에는 세느강의 아름다운 조각을 한눈에 볼 수 있는 유람선도 탔다.

인간의 마음은 간사한가 보다. 우리 모녀는 그간의 고생을 모두 잊고, 아름다운 파리의 매력에 푹 빠져들었다. 엄마와 나는 같은 디자인의 옷을 즐겨 입었는데, 하루는 멋쟁이 파리 여인이 우리를 따라오더니 엄마와 딸이 맞냐, 그 옷은 어디서 샀냐, 무슨 살결이 그리 고우냐, 화장품은 어떤 제품을 쓰냐, 혹시 당신 영화배우냐 등을 물어보기도 했다. 엄마는 웃으면서 자신도 딸도 피아니스트라고 말했다.

엄마와 함께 〈리도 쇼〉도 봤다. 엄마는 "예술가는 몸매 관리를 해야지 뚱뚱하면 큰일이다. 맨 앞줄에서 춤추는 아이들은 얼마나 날씬하고 예쁘니? 근데 맨 뒷줄에 있는 여자들 봐. 뚱뚱하고 몸도 늘어졌잖아. 무대 앞에 서려면 남자나 여자나 살찌면 안 되는 거야."라며 주의를 주었다.

"엄마! 그 말은 밥 먹기 전에 해야지. 잔뜩 먹고 아이스크림까지 해치웠는데 우짜냐?"

살이 걱정이었지만, 그래도 나는 행복했다.

엄마의 자장가

♥

동경 산토리홀
데뷔

굵직굵직한 음악회가 연달아 있었다. 미국 카네기홀, 링컨센터에서도 연주가 있었다. 그리고 세계에서 제일 중요하다는 동경 산토리홀에서의 데뷔를 바로 눈앞에 두고 있었다.

한국 음악가가 일본에서 인정받기는 어렵다. 실력이 있어도 양국의 앙금이 남아 있는 상황이니, 색안경을 끼고 볼 수밖에 없다. 내 경우에는 운이 좋았다. 유년기를 동경에서 보낸 데다 외모도 일본 인형과 닮았다는 소리를 제법 들었다. 여기에 일본 말까지 유창하니 사람들이 경계하지 않고 대해 주었다. 게다가 오자와 세이지 선생님의 추천도 있었다. 아무리 돈이 많아도 산토리홀 무대에 서기는 어렵다. 더구나 객석을 꽉 채울 만큼 음악회가 성공하기란 한국 음악가에게는 더없이 힘든 일이다. 아버지는 내 연주회를 위해 동분서주하며 일본 지인들을 만나기 바빴다. 한 사람이라도 더 딸의 연주를 들었으면 하는 간절한 바람이 있었던 것이다.

우려와 다르게 음악회는 성공적이었다. 가득 찬 청중들을 보며 그저 감사할 따름이었다. 엄마는 무대 뒤에서 덜덜 떨고 있었다. 청중석에 앉아 편하게 감상하라고 해도 그 말을 듣지 않았다. 자신이 앉아 있으면 내가 실수할 것 같다며 불안한 마음을 감추지 못했다. 보다 못한 나는 히라사(일본 매니저)에게 엄마를 부탁했다.

"엄마, 나 안 틀릴게! 세계 최고의 음향이 어떤지 엄마도 들어봐야지. 히라사랑 같이 앉아서 들어."

무대에 오르자 불안감이 사라지면서 내 방처럼 편안하다는 느낌을 받았다. 모든 음악가가 선망한다는 산토리홀에서 나는 무척 편안한 마음으로 연주를 시작했다. 연주가 끝나자 커튼콜이 이어졌다. 재계약이 이루어질 만큼 성공적인 무대였다. 엄마는 하도 열심히 박수를 쳐서 끼고 있던 진주 반지의 알이 떨어져 버렸다. 음악회가 끝나고 열심히 찾아봤지만, 결국 찾지 못했다.

♥

내가 국가보안법 위반자?

연주자로서 내 '연주 커리어'는 순조롭게 진행되고 있었다. 상트페테르부르크 심포니와는 1년 후에 다시 연주가 잡혔고, 이후 같은 오케스트라와 녹음도 잡혔다.

러시아는 아직 사회주의 시장경제에서 벗어나지 못한 상황이었기 때문에 개인적으로 진행한 녹음비는 무척 저렴했다. 엄마는

지금이 기회라고 했다. 자본주의가 밀려들면 녹음비도 서방국가들처럼 비싸질 수밖에 없다면서 이때 하지 않으면 후회할 거라고 했다. 상임 지휘자인 드미트리예프도 엄마와 똑같은 말을 하며 2~3년 안에 하고 싶은 협주곡을 모두 녹음해 보자고 했다. 주변 사람들이 나를 위해 애써 준다는 것을 알기에, 나도 힘을 낼 수 있었다.

'얼음의 나라'로 불리는 러시아에 점점 더 깊은 정이 들기 시작했다. 필하모니아 교향악 단원을 비롯해 지휘자, 예술감독 등 나와 인연을 맺은 사람들은 나를 더 좋은 음악가로 만들기 위해 아낌없는 조언을 해 주었다. 특히 드미트리예프 선생님은 바쁜 일정에도 불구하고 시간을 내어 레슨을 해 주었다.

당시 나는 마산 경남대학에 홍보교수로 재직하고 있었는데, 연주할 곡을 외우면 레슨을 받으러 러시아로 날아가곤 했다. 자주 러시아를 오고 가다 보니 호텔비도 만만치 않았다. 엄마는 러시아에 거처를 마련하는 것이 좋겠다고 판단하고, 주변 예술가들의 도움을 받아 집을 보러 다니기 시작했다. 그때 마침 드미트리예프 선생님의 옆집이 매물로 나왔다는 소식이 전해졌다. 얼른 가 보니 창밖으로 보이는 풍경이 몹시 아름다웠다. 러시아의 3대 성당인 니콜라이성당이 한눈에 보이고, 천장이 높은, 작은 아파트였다. 엄마는 이 집을 보자마자 한눈에 반했다.

"이 아파트가 딱이구나. 내부는 다시 수리해야 하지만, 너 레슨 받을 동안 내가 아파트를 꾸미면 되겠다. 너무 신나는구나야."
우리는 연주차 와서, 가져온 돈이 얼마 되지 않았다. 더구나 외국인이 살 수 있는 아파트인지도 알 수 없었다. 엄마는 큰 소리로 "I will buy! But no money now!"라고 외쳤다. 너무 당당하게 말하니 집주인도 웃음을 터트렸다. 러시아 속담에 "사람을 믿으려면 소금을 한 포대 먹인 다음 믿는다."라는 말이 있다. 그만큼 신중해야 한다는 뜻인데, 여기 사람들은 엄마에게만은 예외였다. 이상하게도 말이다. 엄마의 말이라면 무조건 "Yes! Ma Ma."다. 1990년대 중반이었던 당시 방 하나 달린 아파트 가격은 5천만 원이었다. 우선 지휘자 선생님에게 돈을 빌려 해결하고, 다음번 러시아 방문 때 빌린 돈을 갚기로 했다. 이때는 아버지와 경진, 경신이도 동행했다.

한국에 돌아오기 위해 김포공항 입국 심사대에서 절차를 받고 있는데, 유독 나만 시간이 오래 걸렸다. 엄마는 벌써 입국 수속을 끝내고 나를 기다리고 있었다. 이번에는 직원이 옆에 보이는 사무실을 가리켰다. 얼굴이 창백해진 엄마가 직원에게 물었다.
"왜 우리 딸만 저 사무실에 들어가나요? 러시아에서 연주 끝내고 귀국하는 길인데, 내가 항상 같이 다녀요. 왜 나는 저 방에 안 들어가나요?"

"모르겠습니다. 저희도 왜 그러는지 알았으면 좋겠네요."

엄마는 온몸이 얼음이라도 된 것처럼 경직되었다. 사무실의 담당 직원은 예상과 달리 상냥한 사람이었다.

"아저씨, 뭐가 잘못됐나요?"

"모르죠, 왜 이 야단인지. 신경 쓰지 말아요. 최근에 사회주의 사람과 만나거나 통화한 적이 있나요?"

"그럼요. 최근이 아니라 몇 년 전에도 러시아 지휘자와 전화 통화를 했고, 연주도 했는데요. 지금도 러시아에서 연주하고 오는 길이에요. 아저씨, 러시아 지휘자와 통화하고 연주한 것이 문제가 됐나요?"

"제 생각에는 몇 년 전, 그러니까 한국하고 러시아 수교 전쯤이 문제가 된 것 같은데, 뭐 이런 것 갖고 어린 아가씨를…. 죄송합니다. 제가 대신 사과드리죠. 나가셔도 됩니다."

나는 고개를 갸우뚱하며 사무실에서 나왔다. 내가 나오자 엄마는 울상이 된 얼굴로 나를 끌어안았다.

"왜 그러는 거래?"

"몰라, 그냥 오렌지주스 마시고 왔어."

집에 돌아온 나는 고 김영희 기자님께 이 일을 전하고 그 이유를 물어봤다. 전해진 결과는 기가 막혔다. 내가 '국가보안법 위반자' 리스트에 올라가 있다는 것이다. 안기부에 신고를 안 하고 러시아 사람을 만난 것이 이유라고 했다.

아무리 생각해 봐도 러시아와 수교 직후에 연락을 주고받았는데 내가 왜 블랙리스트에 올라가 있는지 이해가 되지 않았다. 누군가의 장난이 아니라면 이럴 수가 없었다. 합리적으로 의심 가는 사람이 있었지만, 어쩔 도리가 없었다. 이 일로 더 이상 한국에 머물고 싶지 않았던 나는 빌린 돈도 갚을 겸 다시 러시아로 떠났다.

러시아에 도착하자 엄마는 아파트를 어떻게 꾸밀까 구상하느라 바빴다. 푸틴이 대통령이 되면서 러시아의 분위기도 많이 바뀌었다. 특히 예술의 도시 상트페테르부르크는 더없이 활짝 피어나고 있었다. 백화점에도 물건이 많아져서 엄마는 여기저기 구경을 다니느라 바빴다.

나는 선생님에게 내가 '블랙리스트'에 있었다는 이야기를 털어놓았다. 선생님은 전혀 놀라지 않았다.

"계속해서 너를 무대에 올리지 말라는 요청이 들어왔었어. 나는 북한에서 방해를 하나 했는데, 남한에서 온 팩스더라고. 너도 알겠지만 이쪽 음악계는 그런 식으로 일을 하지 않아. 혹시나 해서 너희 가족의 경호에도 더 신경을 쓰는 거야. 이 아파트

는 레닌이 국가에 공헌한 예술가들에게 선물한 거야. 예술가들
만 누릴 수 있는 특권 같은 거지. 아무에게나 살 권리를 안 주거
든. 이 아파트가 너의 방패막이라고 생각하고 갖고 있으면 좋을
거야. 하지만 외국인이 부동산을 구매하는 건 매우 어려워. 시
에서 승낙도 받아야 하고, 재판도 받아야 해. 지금이 기회일 수
있으니 한 번 노력해 보자."

나는 엄마의 열정과 선생님의 도움으로 러시아에, 그것도 레닌
이 예술가들에게만 선물한 특별한 아파트를 새로운 보금자리로
얻을 수 있었다.

안타깝게도 엄마는 모스크바음악원에서 피아노 공부를 할 기회
를 얻지 못했지만, 딸 덕분에 상트페테르부르크 필하모니에 전
용 의자가 생길 정도로 그곳에서 대접을 받았다. 그것만으로도
충분히 행복한데 러시아에 집까지 장만하다니, 엄마의 기분은
날아갈 것처럼 보였다. 엄마는 소꿉장난하듯이 집 꾸미기에 열
중했다. 이 아파트는 관광객들의 단골 투어 코스 중 하나이기도
했다. 여행사 직원은 관광객들에게 내 소개를 곧잘 했다.

"바로 앞에 보이는 노란색 아파트 2층에 한국인 피아니스트 이
경미 씨가 살고 있어요. 러시아에 올 때마다 이곳에 머무는 것
으로 알고 있어요."

"외국인이 이런 아파트를 살 수 있나요?"

"그녀가 피아니스트고, 러시아에 많은 예술가 친구들을 두어 가능했던 것 같네요."

밖에서 들려오는 소리에 엄마와 나는 서로의 얼굴을 바라보며 찡긋 웃었다.

♥

엄마의 굿판

국가보안법 위반자로 블랙리스트에 올랐다는 소식을 들은 뒤, 나는 부모님을 만나러 잠깐 서울에 가는 것도 거부했다. 이 때문에 엄마가 보스턴에 머물면서 딸들 뒷바라지를 했다. 엄마는 딸이 한국을 거부하는 것 같아 속상하셨을 것이다. 그 이유가 자신의 지인에게서 비롯되었다는 사실에 더욱 가슴 아파했다. 하지만 나는 오히려 친구의 배신으로 엄마 몸이 더 약해질까 봐 걱정이었다. 나는 어린 나이에 권력의 두려움을 알게 되었다. 참 씁쓸한 일이었다.

이 시기 이화여자대학교에서 연락이 왔다. 내게 시간강사 자리를 제안한 것이다. 전임 자리가 나올 확률도 있으니 연주도 하고 학교 홍보도 해 달라고 했다. 부모님도 한국에 모여 살자고 애원하던 때라 그 제안을 받아들였다.

귀국 후 나는 이화여대 대학원에서 수업을 시작했다. 내 수업은 꽤 인기가 있었다. 피아노 레슨을 받고 싶다는 학생들의 문의가 끊이지 않았다. 엄마는 집에서 이 전화를 받느라 분주할 지경이었다.

어느 날 이화여대 총장실에서 연락이 왔다. 급히 건너가니, 정의숙 총장님이 내게 큰 상자를 내밀었다.

"도대체 이경미가 누구길래 이 야단인가 했는데, 실제로 보니 엄마 닮아 참 곱게 생겼네. 얼마나 피아노를 잘 치면 질투가 나서 이런 투서를 한 보따리나 보냈을까?"

총장님은 그동안 받은 투서를 내게 보여 주었다. 별로 겁이 없던 나도 그 자리에서는 식은땀이 흘렀다. 피가 마른다는 표현은 아마 이럴 때 쓰라고 있는 말 같았다. 옆자리에 앉은 엄마는 온몸을 사시나무 떨 듯 떨고 있었다.

"살다 살다 일개 강사에게 이런 투서를 보내는 경우는 내 교육 인생에서 처음 일어난 일이에요. 여기 말고 다른 곳에도 이경미 씨와 관련된 투서가 갔을 거예요. 이렇게 욕먹는 걸 보면 이경미 씨가 크게 성공하려나 보죠."

투서 내용의 반 이상이 저질스러운 욕이었다. 국가보안법 위반 자를 당장 내쫓지 않으면 대학도 무사하지 못할 것이라는 내용

이었다. 발신 주소를 보니 대부분 스위스의 로잔, 독일의 프랑
크푸르트였다. 왼손으로 작성된 듯한 투서는 모두 복사본이었
다. 지금으로 치면 댓글 테러를 당하고 있었던 것이다. 그때나
지금이나 악플러는 존재하는 법이니까 나는 비교적 대수롭지
않게 넘겼는데, 엄마는 매일 눈물 바람이었다. 엄마의 억울한
심정을 왜 모를까? 말이 없는 아버지도 억울하기는 마찬가지였
을 것이다. 소중한 딸이 여기저기 도마 위에 올라 험한 욕을 듣
고 있으니 어찌 마음이 편할 수 있을까.

이때부터 나에게는 이상한 증상이 생겼다. 겉으로는 멀쩡해 보
이지만, 갑자기 손발이 저리면서 발작 증세가 나타났다. 신경안
정제를 복용하면 금세 좋아졌지만, 이런 증상은 꽤 오래 진행되
었다. 스트레스를 너무 많이 받으면 안정제를 사탕처럼 우적우
적 씹어 먹기도 했다. 그 시절에는 의사 처방 없이 약국에서 신
경안정제를 구입할 수 있었다.

지금 돌이켜 보면 나는 그때 공황장애를 앓고 있었던 것 같다.
내가 발작 증세를 보이면 엄마는 "미안해, 미안해." 하면서 내
두 손을 마사지하듯 어루만져 주었다.

그러던 어느 날, 엄마는 갈 데가 있다며 나를 데리고 평창동으
로 향했다. 그곳은 당시 김일성 사망 날짜와 시간까지 맞춰 화제

가 된 '심진송 무당'의 집이었다. 많은 사람들이 대기하고 있었는데, 심진송 씨가 거실을 휙 둘러보더니 우리 모녀를 지목했다.

"거기 엄마하고 딸! 다음에 들어오셔!"

심진송 씨의 책을 읽었던 터라 무당집이라고 해도 그곳이 무섭지는 않았다. 심진송 씨는 내 사주를 묻고 '작은 방울'을 요란하게 흔들기 시작했다.

"장군님 말씀이 남자로 태어났으면 장군감이건만, 여자로 태어나 시집가도 고생만 하다가 오래 살지도 못하겠다고 하시네. 아휴, 불쌍한 것! 주변이 온통 시기 질투로 가득하구만. 옆에 나쁜 남자도 보이는데, 이놈을 혼내 줘야 해. 엄마 속은 이미 까맣게 탔구나!"

이 말을 듣자마자 엄마는 울기 시작했다.

"우리가 지금 그럴 형편이 아니에요. 우리 처지가 앞으로 잘되고 안되고 할 상황이 아니라고요. 내 딸이 친구 남편의 모함으로 국가보안법 블랙리스트에 올랐으니 이를 어쩌면 좋아요."

"엄마! 걱정 마! 장군님이 도와주신다고 하잖아! 크게 될 인물이라서 그런 거야."

나는 옆에서 엄마를 안심시키고 있었다.

심진송 씨는 온 바닥에 쌀을 뿌리더니 엄마가 불쌍해서라도 장군님이 도와주겠다고 한다고 했다.

"앞으로 자식 덕 많이 보고 살 거야. 남들 부러움 사면서. 그런데 이 호랑이띠 처자 시집은 보내지 마. 시집을 안 가야 명도 길고 부자 소리도 들어."

엄마는 말문이 트인 사람처럼 가족 이야기를 쏟아 내기 시작했다.

"얘가 갑자기 손발이 저리다면서 발작 증세를 보이는데 '굿'을 하면 괜찮을까요? 스트레스 때문에 생긴 병인데, '굿'이라도 해서 나을 수만 있다면 뭔들 못 하겠어요."

옆에서 듣던 나는 꿈 이야기를 했다.

"선생님, 손발 저린 것보다 요사이 꿈에 외할머니가 자주 보여요. 배가 고프다면서 저를 찾아오세요. 저 나름대로 때마다 절에 가서 제사를 올리거든요. 외할머니가 저 어릴 적에 키워 주셨는데, 삼촌이 일찍 돌아가셔서 제삿밥을 못 얻어 드셨어요. 독실한 기독교 집안이라서요."

나는 다시 말을 이어 갔다.

"한 번은 제가 버스를 탔는데, 외할머니가 타고 있는 거예요. 마침 옆자리가 비어서 외할머니하고 재미나게 이야기를 나누는데, 외할머니가 당신께서는 더 가서 내릴 테니 저보고는 다음 정거장에서 빨리 내리라고 하시는 거예요. 그런데 왠지 다음에는 외할머니와 같이 내릴 것 같은 기분이 들어요."

심진송 씨는 내가 심신이 탈진될 정도로 현재 상태가 안 좋고 더구나 자신이 몸담고 있는 세계와도 인연이 있어 '굿'을 하면 나쁠 건 없다고 했다.

엄마는 예지몽을 잘 꾸는 편인데, 나 또한 그랬다. 한술 더 떠서 관상과 사주도 잘 본다. 주변 사람들에게 여느 점쟁이 못지않다는 말을 들을 정도다. 이런 재주 덕분에 아무리 좋은 연주 기회가 오더라도 협연하는 지휘자의 관상이 나쁘면 절대 같이 일하지 않았다. 연주 날짜도 안 좋은 날은 피한다. 미신을 맹신하는 것이 아니라, 그렇게 해야만 내 마음이 편하기 때문이다.

♥

신에게
돼지를 바치다

1990년대 중반, 어느 초가을이었다. 엄마는 아침부터 분주했다. 밤새 뜬눈으로 지새운 것 같았다. 이런 예식에는 몸도 마음도 깨끗해야 한다면서 좋아하는 향수도 뿌리지 않았다. 나는 '내 팔자가 무척 센가 보네. 굿까지 하는 걸 보니.'라는 생각이 들었다.

언젠가 길을 걷는데 어떤 스님이 날 붙잡더니 크게 성공할 관상이지만 결혼은 포기하라는 말을 해 준 기억이 났다.

내 굿을 할 때 외할머니 '천도제'도 지내 준다고 해서 나는 좀 귀찮아도 참석하기로 했다. 이런 이벤트 하나로 엄마 마음이 편안해지고 외할머니가 저세상에서 따뜻한 밥 드시고 잘 지낸다면 이쯤이야 괜찮다는 생각이 들었다.

또 한국 문화의 무속 신앙도 궁금했다. 유명 무속인이 하는 굿판은 어떤 모습일지 사뭇 흥미롭기도 했다. 아침 10시쯤 심진송 씨 집에 도착하니 벌써 많은 사람들이 굿판 준비로 분주했다.

거실에 큰 제사상이 정성껏 차려져 있었다. 그 한가운데에 엄마와 내가 자리를 잡자, 화려한 한복을 입고 고깔모자를 쓴 무당 2~3명이 입장했다. 또 한쪽에는 장구, 판소리, 피리 등 3~4명의 악단이 자리를 잡고 음을 맞추고 있었다. 마치 클래식 음악회 전 무대 뒤의 모습과도 흡사했다. 클래식 연주와 굿판의 분위기가 비슷하다니, 참 묘한 경험이었다.

이어서 심진송 씨가 선두로 나와 지휘자처럼 굿판을 이끌어 갔다. 북과 장구 소리가 울리고 노래가 흘러나왔다. 그 리듬에 맞춰 고깔모자를 쓴 무당들이 신을 부르며 저 처자를 도와 달라고 두 손을 모아 빌고 또 빌었다. 음악이 좀 더 격해지자 무당들도 빙빙 돌더니 천장을 찌르도록 통통 뛰기 시작했다. 비현실적으로 가벼워 보이는 몸짓이었다. 그러자 심진송 씨가 무엇에라도 빙의된 것처럼 나와 엄마에게 말을 쏟아 내기 시작했다.

"엄마는 너무 일찍 태어났구나. 엄마가 못다 이룬 꿈을 아이들이 대신하니 걱정 말아라!"

무당은 계속 엄마를 위로해 주었다. 한 편의 잘 짜인 무대 예술을 보는 것 같기도 했다. 곡으로 표현하자면 제1 연주자와 반주자가 함께하는 하나의 스테이지라고 볼 수 있었다. 심진송 씨의 말에 의하면 나는 전생에 뛰어난 무희였다고 한다. 내 재능을 아낀 왕이 다른 소원은 들어줘도 결혼이나 연애 같은 것은 허용하지 않았다고 하니, 그때나 지금이나 결혼운은 없다고 볼 수 있었다. 현재의 고난은 흘러가는 물과 같으니 너무 신경 쓰지 말고 잠을 푹 자라는 조언도 해 주었다.

굿판은 점점 더 클라이맥스를 향해 치달았다. 무당들이 힘을 한데 모아 산신령을 부르고 있었다. 신에게 예물로 바친 돼지를 쌀독 옆에 나란히 놓자, 심진송 씨가 비장한 모습으로 걸어 나왔다.

옆에 있던 무당이 내게 이제부터가 가장 중요한 순간이라고 말했다.

"무당으로서 목숨을 걸고 하는 거야. 두 모녀가 좋아서 하는 거지, 아무 때나 하지 않아."

심진송 씨는 맨발이었다.

"어머나! 엄마, 칼 위에 올라가나 봐! 저거 진짜 칼이라고!"

너무 놀란 나는 엄마를 불렀다. 작두를 탄다는 말을 들어는 봤
어도 정말 내 눈앞에서 그런 일이 벌어질 줄은 꿈에도 몰랐다.

"쉿! 조용히 해!"

엄마는 경건한 자세로 그 모습을 지켜보고 있었다.

북과 장구 소리는 점점 더 우리를 긴장의 도가니로 몰아갔고,
심진송 씨는 칼날 위를 사뿐사뿐 걸어 다녔다. 심진송 씨가 날
듯이 가볍게 작두를 타자 무당들이 일제히 환희의 박수를 쳤다.
작두에서 내려온 심진송 씨가 다른 사람이 된 듯 남자 목소리를
냈다.

"엄마야, 울지 말고 오늘부터 두 다리 쭉 뻗고 자라. 장군님이
도와준다!"

그녀는 몇 번 같은 말을 하면서 빙빙 돌더니 옆에 누워 있는 돼
지를 큰 칼로 깊숙이 찔렀다. 그러곤 하늘을 향해 번쩍 들어 올
렸다. 힘이 약한 여자가 큰 돼지를 들어 올린 것도 놀라운데, 그
칼을 쌀독 위에 그대로 꽂았다. 쌀독 한가운데에는 칼에 꽂힌
돼지가 하늘을 향해 우뚝 솟아 있었다. 어떻게 이런 일이 일어
날 수 있을까? 직접 보지 않았다면 믿기 어려운 광경이었다. 그
굿판이 있은 뒤로는 외할머니가 더 이상 꿈에 나타나지 않았다.

3장

접시 같은 모녀

♥

치매 환자의
초창기

치매 발병 후 엄마의 삶에도 많은 변화가 있었다. 더 이상 씩씩
하기만 한 엄마가 아니었다. 한없이 약해진 엄마를 보면서 나는
내가 강해져야 한다는 생각을 했다. 이제 자식들이 엄마의 버팀
목이 되어 줄 차례가 온 것이다. 15년 동안 동생과 나는 무수한
시행착오를 거치며 치매에 걸린 엄마를 돌봐 왔다. 내가 아는
치매 관련 노하우들은 일상생활에서 터득한 것이지, 의학적인
검증을 거친 것은 아니다.

불안

엄마는 자주 집 안을 돌아다니면서 무언가를 찾았다. 어느 날은
하루 종일 그러고 있을 때도 있었다. 또한 같은 질문을 수없이
했다.

솔직히 이 시기가 가장 힘들었다. 아무리 참을성이 있다 해도
하루 종일 같은 질문을 반복해서 듣고 또 같은 대답을 하다 보
면 꿈속에서도 엄마가 무언가를 물어보고 어떤 물건을 찾는 상
황이 나온다. 더구나 항암제 부작용으로 불면증에 시달리는 나

에게는 꿈속인지 현실인지 분간이 어려울 때도 있었다.

이럴 때, "왜 이래? 도대체 왜 이러는 거야?" 하고 신경질을 부리거나 무시하는 말투로 대항하면 절대 안 된다. 왜냐하면 치매 환자는 목숨보다 중요한 것이 '자존심'이기 때문이다. 서로 간의 자존심이 무너지면 '신뢰'가 깨진다.

엄마는 이제 예전 그 모습의 엄마가 아니다. 치매를 앓는 엄마는 내 기억 속 엄마가 아니라는 사실을 인정해야 했다. 자식인 우리가 할 수 있는 일은 남은 생을 건강하게, 좋은 기억만 가득하도록 채워 주는 일이다.

치매 환자가 똑같은 말을 반복하더라도 친절하게 답변해야 한다.

"어머나! 나도 본 것 같은데, 어디였더라? 어디였지?"

이러면 엄마는 아기처럼 좋아한다.

"어머! 너도 봤지? 나만 본 거 아니지?"

엄마의 말에 호응해 주고 엄마 잘못이 아니라는 걸 알려주면 엄마의 불안한 마음도 차츰 가라앉는 것이다.

"엄마 잘못이 아니야! 나도 아빠도 도형이도 어디선가 봤는데."

엄마의 시선을 다른 쪽으로 돌리면서 우리의 기억도 가물가물하다고 말해 준다. 이렇게 엄마 혼자 외톨이가 아니라는 사실을 일깨워 주곤 한다. 이런 메시지는 효과적이었다. 무슨 일이 있어도 자존심을 지키고 싶어 하는 엄마에게 가족들의 지지와 응원은 긍정적인 영향을 끼쳤다.

나는 엄마가 치매에 걸린 후부터 친구처럼 이름을 부르며 지냈다. 이 방법도 꽤 효과가 있었다.

"이숙아, 그 반지 계속 찾을까? 아님 내가 더 예쁜 거 사 줄까? 안 보이는 반지는 어딘가에 꼭 있어. 꼭 숨어 있다니까!" 하면 십중팔구 예쁜 것을 사 달라는 답변이 돌아왔다.

가끔 내가 얼마나 오래 버틸 수 있을지 의구심이 들었다. 도무지 앞이 보이지 않는 긴 터널을 지나고 있는 기분이 들 때가 있었다. 마치 신(神)이 내 인내심의 한계를 시험하는 것 같기도 했다. 다행히 나는 피아니스트였다. 한 곡을 수없이 연습해야 하는 숙명을 지닌 사람이었기에 인내심만큼은 단련되어 있었다. 한 소절을 백 번, 천 번, 만 번 계속해서 연주해야 하는 나보다 더 인내심 있는 사람이 있을까?

그동안 많은 기자와 학생들이 내게 똑같은 질문을 했다.

"피아니스트가 된 남다른 비결이 있나요?"

그때마다 나는 똑같은 대답을 했다.

"음, 그건 남들보다 얼마나 더 오래 피아노 앞에 앉아 있느냐에 달렸죠."

58년째 피아노를 치고 있는 나조차도 인내심의 한계를 느끼는 순간이 있을 정도로 치매 환자를 돌보는 것은 쉽지 않은 일이다.

엄마의 치매 증상은 70대 후반쯤 본격적으로 시작되었다. 초창기 5년은 가족 모두에게 무척 힘든 시기였다. 온 가족이 충격을 받아 한동안 제정신이 아니었다. 밝은 에너지로 가득했던 엄마가, 누구보다 당차고 똑똑했던 내 엄마가 치매라니…. 믿기지도 않았고, 믿고 싶지도 않았다. 이 시기엔 나도 암 치료에 시달리고 있었다.

안 좋은 일도 마음을 달리 먹으면 전화위복이 된다고 했던가? 나는 만약 유방암이 전이되어 내게 남은 시간이 얼마 없다면 나를 피아니스트로 키워 준 엄마에게 은혜를 갚고 가자는 생각을 하기 시작했다. 이렇게 마음을 먹으니 얼어 있던 내 가슴이 따뜻한 봄 햇살을 맞아 사르르 녹아내리는 기분이 들었다.

가끔 엄마와 낮잠을 자려고 누우면 엄마는 내 손을 꼭 잡으며 당부를 한다.

"나 두고 어디 가면 안 돼! 나는 점점 바보가 되는가 봐. 생각이 잘 안 나. 머리가 '꾸루꾸루'야."

"이숙이가 왜 바보야? 우리 이숙이가 이경미를 피아니스트로 만들었는데. 나도 피아노 음표만 기억이 나지, 다른 것은 생각이 잘 안 나."

"아, 그러니? 너도 생각이 잘 안 나니? 그거 참 잘됐구나! 그럼 너랑 나랑 '쌍둥이' 하자. 매일매일 재미나게 놀러 다니자."

쌍둥이, 맞다. 우리는 얼굴도 붕어빵이다. 엄마와 나는 서로를 꼭 껴안아 주었다. 엄마는 잠들 때까지 내 손을 만지작거렸다. 언제부터인지 내 눈가에는 눈물이 흐르고 있었다.

불만

엄마는 만사를 귀찮아하고 짜증을 자주 내기 시작했다. 생활습관까지 완전히 달라졌다. 매사 단정하고 깨끗하던 엄마가 세수도 안 하려고 하고, 양치도 싫어했다. 옷도 며칠째 같은 옷을 입었다. 부지런하던 사람이 게을러지니 좀 당황스러웠다. 게다가 식욕도 떨어졌고, 반찬 투정까지 시작했다. 입을 만한 옷이 없다고 하거나 혼자 멍하니 있는 시간도 늘었다.

나는 엄마를 서너 살 먹은 아이라고 생각했다. 그러면 비위 맞추기가 훨씬 수월해졌다. 아이의 눈높이에서 생각하려고 하고, 아이가 원하는 게 무엇인지 찾아보려고 하니, 엄마의 마음이 읽히기 시작했다.

불안한 마음 때문에 엄마와 외출하는 것도 삼갔으니 얼마나 심심했을까. 운동량이 적어지니 밤에 숙면을 취하는 것도 힘들었을 것이다.

엄마는 잠꼬대를 할 때면 귀신 같은 소리를 냈다. "이노무 새끼

야, 저리 가!"라고 했다가 "장군님 만세!"를 외치기도 했다. 아
프다면서 다리를 45도 각도로 번쩍 들어 올리며 행진 연습을 하
기도 했다. 자다가 놀라서 깬 가족들은 그 광경을 멍하게 바라
보았다. 엄마는 꿈속에서 교련 수업을 받는 중이었던 것 같다.
잠꼬대는 점점 심해졌다. 나날이 심해지는 엄마의 증상을 본 도
형이는 바쁜 의사 생활 중에도 시간을 내어 동경 여행을 가자고
제안했다. 엄마의 잃어버린 기억을 한 조각이나마 찾아주고 싶
어 했다. 1970년대 후반, 엄마가 자주 가던 백화점, 음식점 등을
마치 타임캡슐을 타고 여행하듯 과거로 돌아가 보자는 것이었
다. 우리는 작은 희망을 안고 동경으로 출발하기로 했다.

우리 가족은 오랜만에 엄마가 좋아하는 긴자 거리에 숙소를 잡
았다. 출국 전부터 한껏 들떠 있던 엄마의 기분은 그야말로 최
고였다. 이 모습을 보고 누가 엄마를 치매 환자라고 생각할 수
있을까?
동경에서는 정말 희한한 일이 벌어졌다. 숙소에 짐을 풀고 긴자
거리로 나오니 엄마가 신이 나서 외쳤다.
"나 여기 잘 알아. 나만 따라와. 이 길로 쭉 가면 내가 좋아하는
백화점이 있어. 거기에서 소프트아이스크림도 팔아."
엄마는 긴자 거리를 훤하게 꿰고 있었다. '기적이 이런 거구나!'

하고 나는 감탄했다. 앞 머리카락이 약간 적은 것이 엄마의 콤플렉스다. 백화점에 간 엄마는 이것저것 모자를 써 보더니 상점 직원이 예쁘다고 하자 너무 좋아했다. 그리고 보니 지난 2년 동안 아무도 엄마에게 예쁘다는 말을 하지 않았다. 평소 꾸미기 좋아하고, 아름다운 것을 사랑하고, 외모 관리도 열심히 하던 엄마였는데…. 그 생각을 하니 엄마가 더 안쓰럽게 느껴졌다. 엄마도 본인이 이상해졌다는 것을 모르지 않았을 텐데, 서러운 감정도 들었을 텐데, 여자로서 더 이상 인정받지 못하는 것은 아닌가 불안한 마음도 있었을 텐데…. 이런 엄마의 마음을 좀 더 섬세하게 들여다보지 못한 것 같아 미안했다.

"엄마, 이제 내 치료도 끝났으니까 우리 여기 자주 오자."

"정말? 신난다!"

엄마의 머릿속에는 과거의 좋은 기억이 다 살아 있었다. 우리 가족은 앞으로도 쭉 엄마의 기억 찾기 여행을 함께하기로 했다.

불신

엄마의 낮가림이 시작됐다. 도우미 아줌마가 1년 사이 수없이 바뀌었다.

"아무래도 저 아줌마가 내 머리핀을 훔쳐 간 것 같아."

엄마가 의심을 하니 기분이 상해 그만둔 분도 있지만, 대부분 엄마가 도우미 아주머니들에게 잘리는 모양새였다. 하긴 매일 형사처럼 뒤를 쫓는데 누가 좋다고 할까.

여기서 문제는 '나'였다. 집안일을 해 본 적이 없으니까. 음식은 배달로 해결한다고 해도, 청소가 난제였다. 그때 뼈저리게 깨달았다. 가정주부도 아무나 하는 것이 아니구나…. 나에게 살림은 너무 생소한 분야였다. 설거지만 했다 하면 그릇들이 박살 나고, 청소를 하면 청소기에 부딪혀 온몸에 멍이 들었다. 상황이 이러다 보니 깨지는 그릇은 모두 치우고 일회용 접시로 바꿨다. 지금이야 걸레까지 달려서 자동으로 움직이는 로봇청소기가 나오지만, 그 당시에는 아니었다. 걸레로는 해결이 안 돼 물티슈로 대처하기 시작했다. 세계적인 무대에 수없이 섰지만, 살림에서만큼은 햇병아리 신세였다.

나는 동교동 집을 나와 도형이가 사는 일산 아파트로 옮기기로 했다. 40년 된 단독주택은 불편한 데가 한두 곳이 아니었다. 더구나 무릎 통증까지 있는 엄마가 단독주택에서 생활하는 것은 무리였다. 우리 가족의 희로애락이 모두 담긴 동교동 집을 떠나는 것은 아쉬웠지만, 어쩔 수 없는 선택이었다.

폭언과 폭력

나는 피아노 연주 스케줄을 새로 조정하기 시작했다. 하지만 이런 상황에서도 산토리홀에서 열리는 신일본 교향악단과의 무대는 근사하게 소화해 냈다. 유방암에 걸려 투병 생활을 하던 때였다. 그럼에도 불구하고 다시 무대에 오른 건 온 식구가 간절히 원했기 때문이다. 특히 엄마의 바람이 가장 컸다. 엄마는 내가 동경 무대에서 다시 피아노를 연주하기 원했다. 공연일이 아직 한참이나 남아 있는데도 무슨 옷을 입을지, 모자를 쓸지 말지를 고민할 정도였다. 마치 어린아이가 소풍 가는 날을 손꼽아 기다리는 것처럼 들떠 있었다.

동경 연주가 끝나고 며칠 후, 우크라이나 블라디미르 크라이네프 청소년 국제 콩쿠르에 심사위원으로 와 달라는 전화가 걸려왔다. 각국의 우수한 청소년들이 2년마다 이곳에 모여 치열한 경쟁을 벌인다. 그해에 가장 장래가 촉망되는 피아니스트를 뽑는 자리여서 열기가 매우 뜨겁다.

우크라이나는 라흐마니노프, 차이콥스키 등 저명한 음악가들의 고향이기도 하다. 대지의 좋은 기운을 받아서인지 예술, 문학, 과학 분야에서 최고로 손꼽히는 인사들이 우크라이나 출신이라 해도 과언이 아닐 만큼 특별한 곳이다. 지금은 러시아와 전쟁 중이지만, 우크라이나는 매우 평화롭고 아름다운 곳이다. 러시아가 국제사회의 비난을 받으면서까지 우크라이나를 탐내는 이

유는 비옥하고 풍요로운 자연환경 때문이기도 하다.

엄마는 우크라이나를 유달리 좋아했다. 우크라이나 출신이면서 세계적으로 유명한 피아니스트 블라디미르 크라이네프는 엄마를 '마마'라고 부르며 심사위원 자리를 마련해 주기도 했다. 피아니스트 이경미를 만든 사람이 '마마'라며 특별 대우를 한 것이다. 엄마와 나는 우크라이나 시장이 주최하는 만찬에도 참석하고, 라흐마니노프가 다녔던 국립음악원도 방문해 라흐마니노프가 남긴 악보를 비롯해 학생들의 연주도 들을 수 있었다.

이런 인연으로 이번에도 콩쿠르 심사에 참석해 달라고 했다. 하지만 심사하는 일은 그리 간단치 않다. 하루 종일 앉아 아이들의 연주를 듣는 것은 힘들고 괴로운 일이기도 했다. 나는 컨디션이 안 좋아 거절할 수밖에 없었다.

그때 바로 옆에서 내 통화 내용을 듣고 있던 엄마가 갑자기 화를 내기 시작했다. 남들은 가고 싶어도 쉽게 갈 수 없는 영광스러운 기회를 어떻게 딱 잘라 거절하느냐며 고함을 질렀다. 뭐가 그리 서운했는지 울기까지 했다.

나는 태어나서 처음으로 엄마에게서 멀리 떠나고 싶은 마음이 들었다. 작은 가방 하나를 챙겨 들고 집을 나왔다. 러시아에 있는 내 작은 아파트로 갈 생각이었다. 하지만 너무 늦은 시간이었다. 공항으로 향하던 택시를 돌려 광화문에 있는 호텔로 갔

다. 그곳에서 일주일간 잠수를 탔다. 전화도 받지 않고, 강의에
도 나가지 않았다. 매일 울면서 잠이 들었고, 하루 종일 드라마
를 시청하며 시간을 보냈다. 그동안 쌓인 스트레스가 한꺼번에
분출되는 느낌이었다. 생각해 보니 태어나서 나 혼자 있었던 적
이 거의 없었다.

딸이 한밤중에 가출해 없어졌으니 집에서는 난리가 났다. 내 마
음을 너무 잘 이해하는 형제들은 엄마에게 "경미를 놔주라."며
설득했다고 한다. 하지만 엄마는 하루에도 기분이 수십 번씩 왔
다 갔다 하는 치매 환자였다. 정신이 온전치 않은 사람을 설득
하기는 거의 불가능에 가깝다. 엄마는 가고 싶은 우크라이나를
나 때문에 못 가게 되었다는 생각에 배신감을 느끼고 있었다.
치매에 걸린 엄마에게 가장 중요한 것은 바로 자기 자신이었다.
자식들에게 무조건적으로 헌신하던 엄마의 모습은 사라진 지
오래였다. 이미 본인 위주의 세계에 살고 있었기 때문이다.

일주일이 지나 언니에게 전화를 걸자 엄마가 여전히 울고 있다
는 소식을 전했다. 언니는 모두가 걱정하니 이제 집으로 돌아가
라고 애원을 했다. 잠시 러시아로 떠나 버릴까 생각했지만, 지
금 떠나면 다시는 한국으로 돌아오지 않을 것 같아 망설여졌다.
생각해 보니 엄마가 치매에 걸린 뒤, 나는 여러 면에서 지쳐 있
었다. 엄마와 같이 살고 있는 탓이 컸다. 형제가 많아도 두 명은

미국에 있었고, 도형이는 고된 의사 생활을 견뎌야 했고, 도우미 아주머니는 수시로 바뀌었다. 이 와중에 나는 무대에도 서야 했다. 몸과 마음에 피로가 쌓일 대로 쌓여 있었다. 언제 쓰러져도 이상할 게 없는 상황이었다.

나는 엄마를 너무 사랑하지만, 치매에 걸린 엄마와 매일 부대끼며 사는 것은 괴로운 일이었다. 따뜻하고 친절했던 엄마가 폭력적으로 변하는 모습을 목격할 때면 절로 한숨이 나왔다. 하루하루 살얼음판을 걷는 기분이었다. 이 시기를 이겨 내지 못하면 서로의 마음에 상처만 남을 게 뻔했다. 여기서 포기하면 엄마를 정말 요양원에 보내야 한다는 생각이 들었다. 나는 조금 더 엄마의 머리와 마음을 이해해 보기로 했다. 곰곰이 생각해 보니 치매는 엄마만의 문제가 아니었다.

초기 증상이 나타났을 때 엄마의 마음을 현미경으로 보듯 살폈어야 했다는 생각이 들었다. 하지만 당시에는 엄마가 왜 저런 행동을 하는지, 마음속에 맺힌 응어리가 무엇인지를 들여다보기보다는, 당장이라도 엄마의 기억을 되찾기 위해 애를 쓰기 바빴다. 이제는 내 욕심을 내려놔야 했다. 엄마를 예전과 같은 모습으로 되돌려 놓겠다는 마음을 버리고, 새롭게 태어난 엄마를 있는 그대로 받아들이고 인정해야 하는 순간이 온 것이다. 내가 기억하는 과거의 엄마와 작별하고 현재의 엄마를 온전히 사랑하는 것, 그것이 내 인생에 남은 과제와도 같았다.

나는 사람들의 마음을 움직이는 음악가다. 이 일을 업으로 삼은 내가 사랑하는 엄마의 마음 하나 읽어 내지 못하다니, '이경미, 너 많이 실수했구나!' 하는 생각이 들었다. 나는 얼굴에 철판을 깔고 언제 집을 나갔냐는 듯이 다시 집으로 돌아갔다.

"이숙아, 경미 왔다!"

엄마는 반가운 마음에 눈물을 글썽이며 말했다.

"어디 갔다 왔어? 죽은 줄 알았잖아!"

이 모습을 보니, 너무 웃겨서 웃음이 나왔다.

"죽긴 누가 죽냐. 이숙이 맛있는 거 사 주려고 멀리 갔다 왔지. 이거 다 이숙이 거야. 이숙이만 주는 거니까 다른 사람 주면 안 돼."

나는 사 들고 온 과자 보따리를 엄마 손에 잔뜩 쥐여 주었다. 우리 둘은 언제 싸웠냐는 듯 나란히 소파에 앉아 과자를 먹기 시작했다.

"이제 나 두고 혼자 어디 가지 마. 나랑 같이 가야 돼!"

"응, 이숙이 두고 안 갈게."

우리는 소꿉친구처럼 수다를 떨고, '깔깔'거리며 놀았다.

"이숙아, 이숙이 어디 있니?"

"이숙이 여기 있다!"
우리는 이제 친구가 되었다.

♥

일상생활 속
치매 개선법

수면

드라마를 보면 치매 환자가 멍하게 앉아 있는 장면이 나올 때가
있다. 치매는 수면에도 영향을 끼치는지 잠을 푹 자기 어려운
것 같다. 보통의 사람들도 꿀잠을 자지 못하면 하루 종일 피곤
하고 무기력해진다. 치매 환자는 특히 수면 패턴을 잘 유지해야
한다. 나는 엄마가 잠들고 일어나는 시간을 꼭 지키도록 했다.
밤 9시가 되면 잠자리에 들고 아침 9시에 깨어나는 습관을 들이
도록 했다. 잠자리에 들 시간이 되면 TV는 물론, 모든 불을 끄
고 엄마가 잠들 수 있도록 환경을 조성했다.
아침이 되면 TV를 켜고 음악을 틀어 엄마를 깨웠다.
"이숙아, 일어나야지. 아침이야."
엄마가 부스스한 모습으로 눈을 뜨면, 나는 마치 유치원 보내는
아이에게 하듯 해야 할 일을 알려 주었다.

엄마의 자장가

"굿모닝! 잘 잤쩌? 우리 이숙이 이제 세수하고 이 닦고 머리 예쁘게 한 다음 아침 먹자."

아침은 신선한 과일과 샐러드, 두유와 달걀, 빵으로 가볍게 차린다. 점심 또한 늘 같은 시간에 먹는다. 점심은 엄마가 가장 좋아하는 음식 위주로 식단을 짜고, 영양소도 풍부하게 구성한다. 저녁은 가볍게 샐러드나 죽, 등 푸른 생선에 밥 반 공기 정도로 차린다.

치매 환자에게 일상생활의 리듬은 매우 중요하다. 특히 수면 시간과 식사 시간이 잘 지켜져야 한다. 이 리듬이 깨지면 치매는 악화된다.

치매 환자에게 식사 시간은 삶의 기쁨과도 같다. 먹고 싶은 욕망이 있다는 것은 삶의 의지가 있다는 뜻이다. 그 반대로 먹고 싶은 게 없다는 것은 삶의 의지가 약하다는 걸 의미한다. 잘 먹지도 못하면서 하루하루를 연명해야 한다면 그 시간이 얼마나 길고 길까. 그래서 엄마의 식사 시간만큼은 아주 풍요로운 시간이 되기를 원했다.

나의 큰이모는 스물일곱 살에 남편과 이산가족이 되어 아들 셋을 홀로 훌륭하게 키워 낸 분이다. 이모는 돌아가시기 전까지 정신이 맑았다. 이모가 백 살이 되던 해, 혼잣말하듯이 내게 이런 말을 했다.

"산다는 건 말이야, 외로움하고의 싸움이더라. 내가 백 살까지 살지 누가 알았겠니. 내 고민이 뭔 줄 아니? 아침에 일어나면 '아, 오늘은 이 긴 하루를 어떻게 보낼까?' 이런 생각을 하게 되더라. 젊었을 때는 하루가 훌쩍 지나갔어. 아이들 배 안 곯게 열심히 살았지. 나이가 드니 시간이 이렇게 느리게 가는데, 배고픈 시간이 되면 또 뭐가 먹고 싶어져. 내가 백 살인데도 말이야."

큰이모는 백세 살까지 후회 없는 삶을 살다가 노환으로 돌아가셨다.

대화하기

치매 환자는 늘 마음이 불안하기 때문에 혼자 놔두면 안 된다. 자주 말을 붙이면서 외로움을 덜 느끼도록 해야 한다. 외롭고 불안한 감정이 들면 치매가 더 악화될 수 있다.

내 지인은 치매에 걸린 어머니가 1년 사이 급격하게 나빠져 결국 요양원으로 모셨다. 자식도 못 알아볼 정도로 상황이 좋지 않았기 때문이다.

부모를 사랑하는 마음은 다 똑같다. 하지만 다들 가정이 있고 직장도 있기에 형편상 모시지 못하는 경우가 대부분이다.

경험자로서 한 가지 조언을 하자면 치매를 감정적으로 바라보지 말고, 상황을 객관적으로 파악해야 한다. 무조건 집에서 모신다고 해결되는 것이 아니다. 내 경우에는 엄마가 치매 판정을 받았을 때 적합한 요양시설을 찾기 어려웠다. 하지만 지금은 비교적 가격도 저렴하고 시설도 괜찮은 곳이 꽤 있다. 빈집에 혼자 남아 멍하게 시간을 보내도록 하기보다는, 사람들이 모여 있는 요양원에 모시는 것이 현명한 방법일 수 있다.

나는 미혼이고 연주를 위해 꾸준히 피아노 연습을 하기 때문에 집에서 엄마와 보내는 시간이 많았다. 게다가 나처럼 미혼인 의사 남동생이 있어서 엄마를 돌보는 일이 가능했다. 내 곁에는 묵묵히 도움을 주는 아버지도 있었다.

엄마가 치매에 걸린 후 우리 가족은 엄마가 엉뚱한 말을 해도 누구도 나무라지 않았다. 자주 엄마를 꼭 안아 주었다. 엄마가 사랑받고 있다는 것을 온몸으로 느낄 수 있도록 했다. 시간이 흐를수록 엄마도 점차 마음의 평화를 찾아갔다. 어느 순간부터 엄마의 성격이 온화해져서 나들이도 가능해졌다.

냄새

엄마는 기억이 점점 사라져도 후각은 정상인보다 민감했다. 그러고 보니 기억 속 냄새로 치매 치료가 가능하다는 연구 결과도 있다. 엄마는 젊어서부터 향수를 좋아했다. '샤넬 NO.5'는 엄마가 즐겨 사용하는 향수다.

어느 날 내가 같은 향수를 뿌렸더니 엄마가 바로 알아챘다.

"샤넬 NO.5 뿌렸어? 나 이 냄새 좋아해. 영화배우 마릴린 먼로도 이 향수 좋아했어."

"정말? 마릴린 먼로가?"

"그럼."

난 몰랐다. 인터넷에 찾아보니 정말 마릴린 먼로가 샤넬 NO.5를 좋아해 완판이 됐고, 이 향수는 더 유명해졌다고 한다. 참 신기한 일이다. 기억을 잃어 가는 엄마는 자신이 좋아하는 향수 냄새, 사과 냄새, 오렌지 냄새, 꽃 냄새, 마당에 핀 라일락 냄새까지 잊지 않았다. 엄마는 모든 냄새를 기억하고 있다. 후각은 치매의 영향을 받지 않는다.

씹기

씹기 운동을 하면 턱의 근육과 신경이 뇌를 자극하기 때문에 뇌의 노화를 막을 수 있다고 한다. 노인이라고 매번 부드러운 음식만 주면 잇몸의 근육이 약해져 치아가 일찍 빠질 수 있다.

엄마는 일흔여덟 살부터 이가 하나둘씩 빠지기 시작해 현재 위아래 여섯 개 정도가 빠졌다. 하지만 음식을 씹는 데는 별 문제가 없다. 약간 발음이 부정확하지만, 임플란트나 의치는 생각하지 않는다. 의사 선생님도 씹는 데 문제가 없으면 자연스러운 것이 제일 좋다는 의견이다. 주변 친구들의 부모님들을 보면 임플란트는 부작용이 꽤 많다. 부작용 때문에 씹기가 불편하니 결국 못 먹게 되고, 몸이 허약해져 넘어지는 경우도 생긴다. 임플란트도 잇몸이 건강할 때 하는 것이 바람직하다.

엄마의 밥상에는 매 끼니 채소를 올린다. 오이, 당근 등 몸에 좋은 채소나 과일을 잘라 주면 씹을 때 소리가 나니 엄마가 재미있어 한다. 또 다양한 채소나 과일을 먹으면서 색깔 공부도 한다.

듣기

엄마의 치매 증상이 5년을 넘어가자 돌보는 일이 한결 수월해졌다. 수많은 시행착오 끝에 얻은 선물이었다. 우리 가족은 자연스럽게 엄마를 중심으로 생활 패턴이 형성되었다.

엄마가 침대에서 떨어진 사건 후에는 보호대가 붙어 있는 침대로 바꿨고, 방 분위기도 분홍색을 활용해 화사한 분위기를 연출했다. 거실에도 제일 좋은 자리에 안락의자를 두어 엄마가 편안하게 TV를 시청할 수 있도록 했다.

청각은 치매하고는 아무 관계가 없다. 엄마는 평생 음악과 살았고, 많은 음악회에도 참석했다. 소리가 없는 집은 적막하다. 우리는 거의 종일 TV를 켜고 클래식 연주 전용 채널을 틀어 놓는다. 엄마와 난 TV를 좋아하고 심지어 TV에게 고마워한다.

백세 살에 돌아가신 큰이모는 평생 피아노 학원 원장으로 아이들과 함께했다. 마지막 순간까지 피아노 음악을 들었다. 음악과 함께 생활하면 확실히 생활의 에너지가 생기고 우울증에도 효과적이다. 엄마는 내가 "다다다단~" 하면 바로 "베토벤!"을 외친다. 너무 신기하다. "멍! 멍멍!" 하면 "멍멍이! 강아지! 개!"라고 대답한다. "냐옹" 하면 "고양이"라고 말한다. 치매에 걸렸어도 청각은 여전히 살아 있는 것이다.

즐겨 먹기

아침, 점심, 저녁 하루 세 번의 식사 시간은 치매 치료에 많은 도움을 준다. 치매 환자는 '빨리빨리'를 제일 싫어한다. 모든 행동이 느려지기 때문이다. 식사하는 속도도 무척 느리다.

그래서 환자를 간호하는 사람은 '인내심'이 필요하다. 나도 처음에는 "음식 떨어진다. 이숙이 빨리 먹어."라고 자주 말했다. 그런데 어느 날 엄마가 짜증이 났는지 "싫어! 안 먹어." 하면서 심술을 부렸다. 나는 그제야 밥 먹을 때만큼은 개도 건드리지 않는다는데 옆에서 자꾸 다그치니 얼마나 싫었을까 하는 마음이 들었다.

그 이후 밥 먹는 시간을 충분히 주고 대화도 많이 하면서 기분 좋게 식사를 하도록 했다. 세 살 아이 밥 먹이는 것처럼 인내심이 필요한 일이지만, 그 시간이 엄마에게 얼마나 중요한지 알기에 나도 '빨리빨리'라는 마음을 버리게 되었다.

치매로 돌아가신 분들은 고독과 싸우고, 삶의 의미를 잃고, 밥 먹는 것도 점점 귀찮아하게 되면서 우울증에 시달리다가 스스로 곡기를 끊고 세상을 떠난다.

충분한 잠과 즐거운 식사 시간 그리고 무엇보다 '나는 사랑받고 있다'고 느낄 수 있도록 가족의 온기를 전해 주는 것이 치매 환자에게는 매우 중요하다.

우리는 식사 시간을 1시간 이상으로 정했다. 엄마는 1시간 넘게 식사를 하면서 가족들의 관심을 한 몸에 받는다. 엄마에겐 이 시간이 가족들에게 흠뻑 사랑받을 수 있는 최고의 시간이다. 엄마는 자신만의 세계에 갇혀 엉뚱한 이야기를 참새처럼 쏟아 낸다. 예를 들면 오늘 오지도 않은 친구가 왔다든지, 아이들과 게임을 하며 재미나게 놀았다든지 하는 현실에서 일어나지 않은 일들을 이야기한다. 그래도 대화를 끊지 말고 다 받아 줘야 한다.

"아, 이숙이가 그랬구나. 어머머, 진짜?"

가족들이 호응을 해 줘야 환자가 말하는 것을 두려워하지 않는다. 고학력자가 치매에 걸리면 더 위축된다는 말이 있다. 혹여나 본인이 실수를 할까 봐 마음을 닫아걸기 때문이다. 치매 환자일수록 소통이 중요한데, 마음을 다치면 소통이 어렵다. 치매 환자와 대화할 때는 맞고 틀리고를 생각하지 말고 잘 받아 주고, 잘 웃어 주고, 공감해 주어야 한다.

꾸준히 이런 노력을 했더니, 엄마는 자신감을 잃지 않고 자신이 생각하는 대로 이야기를 하기 시작했다. 그 이야기가 옳고 그르고는 중요하지 않다. 엄마의 세계를 있는 그대로 응원해 주는 것이 최고의 치료법이다.

♥

벚꽃이 필 때면
생각나는 추억

치매 환자의 우울증은 절망적이다. 엄마는 다행히 우울증을 살짝 비켜 갈 수 있었다.

치매가 시작된 지 10년쯤 지났을 때, 나의 '왕팬'임을 자처해 온 김종필 총재님을 뵈러 간 적이 있다. 그간 총재님은 바쁜 시간을 쪼개 내 모든 음악회에 참석해 주셨다. 특히 일본 친구가 많았던 총재님은 일본 연주회에도 빠짐없이 참석해 자리를 빛내 주셨다. 일본 연주회에는 일본 거물 정치인으로 불리는 모리 수상, 나가소네 수상을 비롯해 정재계 인사들이 대거 참석했다. 연주회 후에는 이런 분들과 식사를 함께했다.

만남의 자리가 있을 때마다 총재님은 예술은 물론 정치 분야도 자연스럽게 들여다볼 수 있도록 폭넓게 대화를 이끌어 가셨다. 예술과 정치가 어떤 면에서 비슷한지 조언도 아끼지 않았다.

나는 사석에서 김종필 총재님을 '아버지'라고 불렀다. 어느 날 총재님 댁인 청구동에서 비서 아저씨로부터 전화가 왔다. 어머니를 돌보느라 정신이 없겠지만 시간 내서 청구동으로 한 번 와 달라는 것이다. 총재님이 도무지 말씀도 없고 식사도 안 하신다고 했다. 나는 만사를 제쳐 두고, 총재님이 좋아할 만한 과자를 잔뜩 싸 들고 달려갔다. 몇 년 전 사모님이 떠난 청구동 집은 어둡고 조용했다. 뇌졸중 후유증으로 거동이 불편한 총재님을 시중드는 사람은 도우미 아줌마 빼면 모두 남자들이었다.

"아버지, 저 왔어요! 경미가 왔어요. 집이 왜 이렇게 어둡고 조용해요? 완전 절간이 따로 없네."

혼잣말로 투덜거리고 있는데 2층에서 소리가 났다.

"누가 왔다구?"

"경미가 맛있는 것 잔뜩 싸 들고 왔다구요!"

나는 음식 보따리를 들고 2층 계단을 '씩씩'거리며 올라갔다. 그리고 총재님 앞에 가지고 온 음식들을 펼쳐 보였다. 한 상 쫙 차리고 보니 마치 소풍 나온 기분이 들었다.

"오랜만에 사람 사는 것 같구나."

"이 집은 남자만 사는 절간 같네요."

"권력이 다 떨어진 정치가에게 누가 찾아와? 그래서 정치는 '허업(虛業)'인 거야. 자식 농사가 제일인데, 나는 실패한 사람이야. 패기만만할 때는 나라를 위해서 뭘 해 보겠다고…. 그 시절에는 다들 가난하고 너무 배가 고팠어."

난 감히 중간에 말을 끊고 다른 말을 했다.

"아버지, 밖에 단풍이 얼마나 예쁜지 몰라요."

"그래? 단풍 계절인가?"

"어머나? 로맨티스트 김종필 총재님이 계절 가는 것을 모르면 쓰나요? 어디 갈까요? 뭐 드시고 싶으세요?"

"작은 여자가 뭐 이리 추진력이 강해? 나 데리고 다니면 힘들다. 민폐야."

"저 아저씨들 월급 주는데 할 일은 해야죠. 빨리 정해요, 우리."

며칠 후, 부모님과 총재님을 모시고 워커힐 '명월각'에 냉면하고 갈비를 먹으러 갔다. 그날은 유독 단풍이 아름다웠다. 엄마는 오랜만의 나들이에 휠체어를 타야 했다. 그래도 소풍 가는 아이처럼 손뼉을 치며 좋아했다. 노래까지 흥얼거리며 약속 장소인 식당으로 가니, 총재님도 휠체어에 앉아 있었다. 엄마는 그 모습이 반가웠는지 이북 말을 하기 시작했다. 엄마가 어릴 적 사용하던 이북 말을 부쩍 쓰기 시작하던 때였다.

"아이고, 여기서 우리 동무를 만나게 됐네요. 우리 친하게 지냅시다래."

치매에 걸린 엄마 모습에 잠시 당황하던 총재님도 금세 엄마의 말을 받아 주었다.

"그래요, 아주아주 재미나게 지냅시다."

두 분은 옆자리에 앉아 한동안 서로의 손을 꼭 잡고 있었다. 총재님은 어린아이가 된 엄마를 귀여워했다. 엄마는 총재님에게 자랑을 늘어 놓기 시작했다.

"비행기 타고 동경에 가서 맛있는 아이스크림도 먹고 햄버거도 먹고 모자도 샀습니다."

"그랬습니까? 참, 좋습니다."

총재님은 엄마 말에 모두 맞장구를 치며 놀아 주었다.

"아주 착한 치매다. 무척 양호해. 휠체어 타고 해외여행 가는 건 생각도 안 해 봤다. 난 몸이 고장 나면 집에만 있어야 하는 줄 알았지."

총재님은 집에만 있으면 갑갑하니 다음 벚꽃 필 때는 함께 여행을 가자고 했다. 그 후에도 총재님을 찾아가 말벗이 되어 드렸지만, 벚꽃 여행 약속은 지키지 못했다. 매해 벚꽃은 활짝 피지만 총재님과의 약속을 지키지 못해서일까…. 벚꽃이 떨어질 무렵이면 내 마음도 쓸쓸해진다.

세계 곳곳을
누비다

나는 평생 엄마하고 수없이 여행을 다녔다. 물론 연주를 위해서지만, 연주가 끝난 뒤에는 경유하는 나라에 들러 잠시라도 여행을 즐겼다. 이러다 보니 세계 방방곡곡을 다니게 되었다. 엄마는 연습만으로는 좋은 연주가 나오지 않는다면서 다양한 나라의 문화를 체험하고 친구도 사귀어야 마음에 여유가 생겨 좋은 연주가 나온다고 강조했다.

피아노와 연습에만 몰두하면 '음악 바보'가 된다며 연습을 강요하지 않았다. 나는 네 살부터 엄마에게 피아노를 배웠다. 열일곱 살이 되어 미국으로 떠나기 전까지 나의 피아노 기초는 엄마가 단단하게 붙잡아 준 셈이다. 이후에는 음악을 어떻게 만드는지를 배웠다. 피아노를 치기에 내 손은 너무 작았다. 이렇게 작은 손으로 어떻게 피아노를 연주하냐고 걱정하며 신기해하는 선생님도 있었다.

나는 초등학교를 일본에서 나오고 고등학교부터 10년 동안 미국에서 지냈다. 하지만 처음부터 엄마가 내 미국 유학을 원했던 것은 아니다. 엄마는 피아노 교육의 뿌리는 러시아라고 했다. 먼 옛날 모스크바음악원으로 공부하러 갈 기회를 놓친 엄마는 러시아에 대한 향수가 있었다. 그러나 당시 러시아는 사회주의 국가였다. 전쟁을 통해 공산국가의 참혹한 현실을 잘 알았던 엄마는 딸을 미국으로 보내 러시아에서 망명한 음악인, 피아니스트에게 수업을 받게 하는 것이 제일 나은 방법이라고 여겼다.

내가 공부한 미국의 North Carolina School of the Arts는 Winston-Salem에 있는 예술 주립학교로, 중학교부터 대학교, 대학원이 있어서 박사학위까지 딸 수 있는 시스템이 갖춰진 곳이다. 전교생이 기숙사 생활을 하는 것도 이 학교의 장점으로 꼽힌다. 게다가 미국 담배의 80% 이상을 생산하는 지역이어서 경제적으로 윤택해 예술학교에 대한 후원을 아끼지 않았다. 그래서 학비가 저렴했다.

나는 이곳에서 3년 동안 공부했다. 미국의 문화를 비롯해 음악, 무용, 드라마, 미술 등 다른 학생들의 전공 분야에도 관심을 기울이게 되었다.

내 룸메이트는 발레를 전공하는 친구였다. 나는 그 친구 덕분에 발레리나가 아름다운 몸매를 만들기 위해 얼마나 혹독한 노력을 하는지 그 시절 알게 되었다. 영화 〈아마데우스〉에서 모차르트 역을 맡은 배우 톰 헐스는 매일 내 연습실 옆방에서 피아노 연습을 했다.

엄마는 서울대에 재직하셨던 고 오정주 교수님께 이 학교를 소개받고, 한 치의 망설임 없이 어린 나를 지구 반대편 미국이란 나라로 보냈다. 그러면서 한국으로 돌아오고 싶으면 언제든 짐을 싸서 돌아오라고 했다. 하지만 나는 12년 동안 고국으로 돌아가지 않았다.

학교에서는 학부모가 방문할 경우 캠퍼스 안에 있는 '게스트 하우스'에 머물게 해 주었다.

세 자매가 보스턴의 뉴잉글랜드음악원에 있을 때도 엄마는 자주 방문했다. 세 명이 서울에 가는 비행기값보다 엄마 혼자 미국에 오는 것이 훨씬 저렴했기 때문이다. 내가 피아노 연습을 할 동안 엄마는 경진, 경신이와 시내를 돌아다니며 보스턴 생활을 누렸다. 오자와 세이지 선생님은 엄마가 왔다는 소식을 들으면 걸어서 10분 거리도 안 되는 곳에 연주회장이 있음에도 불구하고 리무진을 보내 주었다. 그리고 제일 좋은 자리를 마련해 주었다.

1980년 후반부터 나는 오자와 세이지 선생님이 소개해 준 '카지모토 음악사무소'와 인연을 맺었다. 이곳에서 마련한 연주 활동을 하며 일본 곳곳을 돌아다녔다. 작은 음악회라도 열심히 준비해서 최선을 다했다. 목표는 1990년도 중반에 있을 '산토리홀' 동경 데뷔에 있었다. 온 가족이 이 무대를 위해 하나로 뭉치고 있던 때였다. 그 시기의 나는 오로지 연습만 했던 기억이 난다. 엄마는 항상 내 곁에서 나보다 더 날 보살펴 주는 고마운 존재였다. 엄마가 있었기에 나는 내 목표를 향해 망설임 없이 도전할 수 있었다.

♥

동베를린

어느 날 아는 지인으로부터 리스트의 〈스페인 랩소디〉를 오케스트라와 연주한 적이 있느냐고 전화가 왔다. 누가 갑자기 공연을 취소한 것 같았다. "했다."고 대답하자, 지인은 "할 수 있을 것 같아?"라고 물었다. 나는 공연을 할 마음이 없었지만, 엄마는 간절히 원했다. 그 이유가 동베를린의 벽을 넘고 싶어서였다. 그 옛날 외할머니 손을 잡고 38선을 넘던 기억이 있어서 엄마는 더 간절하게 동베를린에 가고 싶어 했다. 나는 엄마의 바람을 들어주기로 하고 함께 그곳으로 날아갔다. 연주 비용도 얼마 못 받고 따로 나오는 항공비도 없었다.

1990년 초 동유럽은 어수선했다. 두 모녀는 베를린에서 동베를린으로 넘어갔다. 마치 38선을 넘는 마음으로 말이다. 처참하게 무너진 장벽보다는 동쪽으로 갈수록 점점 으스스해지는 분위기에 겁이 나기 시작했다. 건물들도 초라했다.

하지만 이 연주 여행은 내게 뜻밖의 선물을 안겨 주었다. 책에서만 읽었던, 1835년 펠릭스 멘델스존이 상임 지휘자로 있던 '게반트 하우스 오케스트라 콘서트홀'을 관람할 수 있었던 것이다. 생각지도 못한 행운이었다. '슈만, 브람스, 멘델스존의 영혼이 영원히 이 자리를 지키고 있겠지….' 그곳을 둘러보는 것 자체가 음악가에게는 더없는 기쁨이었다.

♥

상트페테르부르크

1991년 초여름, 아주 친한 지인을 통해 한 장의 팩스 문서가 날아왔다. 상트페테르부르크 심포니 오케스트라 상임 지휘자 알렉산더 드미트리예프가 내게 보낸 초청장이었다. 1991년 9월 28일, 29일 협연자로 같이 연주하자는 내용이었다.

민주화를 외치던 고르바초프 서기장은 어딘가로 사라지고, 옐친이 새로운 대통령이 된 시기였다. 주위의 지인들도 러시아에 가는 것은 위험하다고 말렸고, 심지어 여행사에서도 선뜻 발권을 해 주지 않았다. 하지만 예상과 달리 러시아 비자는 너무도 쉽게 나왔다. 엄마는 옛날 어릴 적 러시아로 유학을 갈 뻔한 기억이 있어선지, 완벽한 타이밍에 러시아 데뷔를 할 수 있는 최고의 기회라고 했다. 그리고 도형이는 그동안 안 먹고 안 써서 모은 적금을 깨 현찰 천만 원을 내놨다. 예나 지금이나 내게는 너무 고마운 동생이다.

가는 길이 위험해도 엄마와 나는 러시아행을 선택하기로 했다. 러시아는 음악인에게 관대한 나라다. 게다가 초청장을 보내 준 지휘자 알렉산더 드미트리예프는 세계적인 지휘자여서 믿을 수 있었다. 보스턴 유학 시절, 나는 웅장하고 스케일이 큰 러시아인은 모차르트 음악처럼 섬세하고 아기자기한 곡은 잘 소화하지 못한다는 이야기를 들었다. 그 생각이 떠오르자 '바로 이거다!'라는 감이 들었다. 나라가 붕괴되었는데 어떤 정신 나간 사람이 발랄하고 사랑스러운 모차르트의 음악을 연주하겠는가? 러시아 사람이 아닌, 나라서 가능한 일이라는 확신이 들었다.

엄마와 나는 독일 프랑크푸르트를 경유해 러시아 상트페테르부르크 공항에 도착했다. 공항은 매우 썰렁했다. 동양 사람은 우리밖에 없었던 것 같다. 사람들은 우리 두 모녀를 신기하다는 표정으로 바라보았다. 사람이라곤 대부분 어깨에 긴 총을 멘 군인들이었는데, 그들의 표정은 얼음처럼 차갑고 무표정했다. 그럼에도 불구하고 파란 눈이 무척 아름다웠다.

가끔 그들과 눈이 마주치면 나는 씩 웃어 줬지만, 그들은 눈 하나 깜빡 안 했다.

"엄마, 군인들이 너무 잘생겼어. 저 눈 좀 봐. 인형 같네. 미국 사람하고는 또 다르네."

"북쪽 러시아인은 젊을 때는 살결이 희고 날씬하고 예쁘지만, 나이 들면 엄청 뚱뚱해진단다. 추운 겨울을 이겨 내려고 버터를 엄청 먹거든. 그리고 여기는 주식이 빵하고 치즈하고 감자야. 추위를 이겨 내려고 보드카라는 술까지 마셔. 탄수화물을 많이 먹고 술까지 마시는 데다 추워서 집에만 있으니 점점 뚱뚱해지는 거지."

"엄마는 이런 걸 다 어떻게 알아?"

"옛날에 외할아버지한테 들었어."

러시아 사람들은 살결이 창백할 정도로 희다. 백설기처럼 뽀얗고 눈처럼 흰 피부가 무척 인상적이었다.

입국 심사를 하는 사람도 군인이었다. 음악회 참석차 왔다고 하니, 짐 검사도 안 하고 바로 통과시켜 주었다. 역시 음악가에 대한 대우가 다르다는 것을 느꼈다.

밖에 나오니 빨간 장미 한 다발을 안고 우리를 기다리고 있는 2~3명의 매니저들이 보였다. 도착한 시간이 저녁이라 밖은 어두웠다. 호텔에 도착해 짐을 풀고 그제야 긴 여정의 피로를 풀 수 있었다.

다음 날 아침, 오케스트라와의 연습을 위해 극장에서 보내 준 차

를 타고 필하모니아홀로 향했다. 차 안에서 본 밖의 풍경은 상상
하던 것과 너무 달랐다. 그림책에서 본 로마노프 제정 러시아의
귀족들이 사는 사치스러운 모습은 그 어디서도 볼 수 없었다.

가는 곳마다 레닌의 동상은 길바닥에 떨어져 박살이 나 있었다.
거리에 많은 사람들이 모여 웅성거렸고, 빵집 앞에는 대책 없이
긴 줄이 늘어서 있었다. 길바닥에는 화폐개혁 전의 지폐들이 찢
긴 채 떨어져 있었다. 엄마는 영어를 구사할 수 있는 기사에게
도대체 무슨 일이 벌어진 건지 물었다.

운전기사는 구소련이 무너지고 현재는 정부가 없는 '무정부' 상
태라고 했다. 옛 정부 때 쓰던 돈은 이미 휴지 조각이 됐고, 안
전하게 쓸 수 있는 돈은 달러나 유로화라고 했다. 고르바초프는
어딘가로 도망가고 옐친은 술독에 빠져 미련한 곰처럼 자고 있
을 거라고, 이제 러시아에는 희망이 없다면서 냉정하게 잘라 말
했다. 이 말을 듣고 나니 비로소 그곳의 상황이 보이면서 아찔
한 기분이 들었다.

엄마가 같이 와서 망정이지 나 혼자였다면 아마 기절을 했거나
연주를 취소하고 바로 서울로 돌아갔을 것이다. 엄마는 너무
놀라 떨고 있는 내 손을 꼭 잡아 주었다. 내 표정이 심상치 않
았는지, 운전기사와 여자 매니저 타티아나는 "노 프러블럼"을
스무 번쯤 반복해 외쳤다. 그래도 놀란 가슴은 쉽사리 진정되

엄마의 자장가

지 않았다.

드디어 필하모닉홀에 도착했다. 정문이 열리는 순간, 거리에서 본 어지러운 모습과 달리 웅장한 내부에 입이 딱 벌어졌다. 지나치게 화려하고 사치스러운 모습 그 자체였다. 난생처음 보는 거대한 샹들리에와 대리석 기둥 그리고 자주색 커튼, 금빛 조각품. 원래 이곳은 제정 러시아 시절 귀족들의 무도회장이었다고 한다.

밖에서는 사람들이 배고프다고 아우성인데, 내가 이런 곳에 있어도 되나 하는 생각이 들었다. 앞에서 언급했던 것처럼 연주는 대성공이었다. 하루아침에 나는 러시아에서 유명 인사가 되었다. 신문 1면 타이틀을 장식했고 "동양에서 온 공주"라는 과분한 칭찬을 들었다. 덩달아 엄마까지 인기를 끌었다.

이 당시만 해도 나는 뭘 몰라도 한참 몰랐다. 처음 알렉산더 드미트리예프의 지휘로 상트페테르부르크 심포니와 연주를 할 때는 뭘 모르니 겁 없이 덤빌 수 있었다. 성공을 해서 다행이지, 만약 내가 이 악단의 역사와 그동안 이 홀에서 지휘봉을 잡았던 전설의 거장들 이름을 미리 알았다면 연주 도중에 기절했을지도 모른다.

사망하기 전까지 쇼스타코비치가 이 오케스트라의 상임 지휘자였고, 그 후 드미트리예프가 지휘봉을 이어받았다고 한다. 필하모니홀은 1년 내내 세계 유명 오케스트라의 공연으로 꽉 차 있다. 이후 나와 엄마는 드미트리예프 선생님의 주요 공연은 거의 빠짐없이 참석했다. 그중 가장 기억에 남는 것은 쇼스타코비치 심포니 No.7, 〈레닌그라드〉다.

교향곡 〈레닌그라드〉 7번은 1941년 레닌그라드(현 상트페테르부르크) 전투 당시 작곡되었다. 당시 레닌그라드는 나치 독일군에게 포위되어 위기에 빠진 상태였다. 나치가 전기, 물, 식량을 모두 끊어 버린 최악의 상황에서 레닌그라드 시민들은 굶주림을 참아 가며 871일을 버텼다. 레닌그라드에 살고 있던 쇼스타코비치는 자원입대를 하려고 했지만, 심한 근시와 영양부족으로 거부당했다. 이 시기 전쟁의 공포와 배고픔에 고통받는 시민들을 위로하고자 필하모니홀에서는 오케스트라 연주가 연일 이어졌는데, 연주 도중 배고픔을 못 이겨 쓰러지는 단원도 있고, 죽어 간 단원도 있었다고 한다.
이런 상황에서 만들어진 교향곡 〈레닌그라드〉 7번은 비밀리에 마이크로필름으로 제작되어 미국으로 보내졌다. 이 곡은 우여곡절 끝에 토스카니니의 지휘로 1942년 7월 초연됐다.

〈레닌그라드〉 연주가 끝나도 청중들은 가만히 앉아 조용히 눈물을 흘리고 있었다. 아무도 일어나지 않았다. 나와 엄마가 앉아 있던 그 자리에 2차 세계대전 당시 굶주림과 공포에 떨던 레닌그라드 시민들 또한 앉아 있었을 것이다. 이런 생각을 하자 마음이 숙연해졌다.

내가 가장 좋아하는 또 하나의 곡은 차이콥스키 교향곡 6번 〈비창〉이다. 차이콥스키는 제일 좋아하는 작곡가이기도 하다. 천부적인 재능의 소유자였음에도 그의 인생은 평탄치 못했다. 차이콥스키는 음악뿐 아니라 러시아 발레 예술에도 한 획을 그었다. 그 역시 상트페테르부르크 출신이고, 상트페테르부르크 국립예술원에서 음악을 공부한 뒤 강사로 일하면서 후배들을 양성했다. 차이콥스키의 무덤은 빛이 잘 들어오는 비교적 따뜻한 곳에 자리하고 있다. 시내에 있어 접근성이 좋으니 이곳을 여행할 때 한 번 방문해 봐도 좋을 것 같다.

우리 모녀가 마린스키극장 가까이에 작은 아파트를 마련한 것도 세계 최고의 극장에서 세계 최고의 마린스키 발레단이 공연하는 〈백조의 호수〉와 〈호두까기 인형〉을 보기 위해서다. 또한 차이콥스키가 국립예술원까지 걸어 다녔다는 도로가 바로 집 앞에 있다.

상트페테르부르크 사람들은 다른 유명 음악가의 이름은 힘차게 부르는데, 유독 차이콥스키의 이름을 부를 때는 눈시울이 붉어진다. 나 역시 그들의 슬픈 눈망울을 보면 눈물이 흐른다. 그만 큼 상트페테르부르크 사람들의 가슴에는 차이콥스키를 끝까지 지켜 주지 못한 미안함이 남아 있는 것이다.

차이콥스키는 교향곡 6번을 초연하고 6일 후 생을 마감했다. 그의 죽음은 자살에 무게를 두고 있지만, 여전히 미스터리로 남아 있다. 처음 당국은 사인을 콜레라로 발표했으나, 1978년 클린시 차이콥스키 박물관장은 비소 중독에 의한 자살로 발표했다. 차이콥스키는 동성애자였는데, 조카뻘 되는 귀족 출신 남성과의 스캔들로 당시 KGB와 위험한 거래를 하게 된다. 대중 앞에서 사실을 인정하거나 조금씩 비소를 먹으며 마지막 작품을 완성하는 것, 이 두 가지 제안 가운데 하나를 선택해야 했다. 차이콥스키는 두 번째 제안을 받아들인다. 엄마와 나는 상트페테르부르크 필하모니아 도서관장님에게 이 사실을 전해 들었다. 이 사연을 들은 뒤 드미트리예프 선생님이 지휘하는 차이콥스키 심포니 6번 〈비창〉 무대를 보았다. 마지막 악장이 얼마나 비통하고 절망스러운지 그의 우울과 비참함이 고스란히 느껴지는 듯해 우리 모녀는 얼굴이 흠뻑 젖도록 울었다.

♥

겁 없는 두 모녀

1990년 중반, 아직 푸틴 대통령이 입성하기 전 우리는 상트페테르부르크에서 비교적 안정적인 연주 생활을 하고 있었다. 연주뿐 아니라 협주곡 녹음도 계속 잡혀 있었다. 러시아에 올 때마다 이곳은 나날이 발전하는 모습이었다. 과거 강대국이었던 만큼 경제 발전도 제법 빠르게 이루어질 듯했다.

러시아에 아파트를 사 놓고 나니 그다음이 문제였다. 아파트 내부가 엉망이었던 것이다. 엄마는 아파트 내부를 아주 예쁘게 수리하고 싶어 했다. 딸이 피아노 연주에만 집중할 수 있도록 작은 궁전처럼 꾸미고 싶어 했다. 이래저래 거실과 방은 아름답게 꾸몄는데, 문제는 부엌에서 생겼다. 부엌을 공사하는 팀이 너무 게을러 진전이 안 된다는 연락이 왔다. 엄마는 시공 마무리는 직접 봐야 한다며 바로 러시아행 비행기에 올랐다.

도착해 보니 엄마의 요구대로 여기저기 화려한 샹들리에가 붙어 있었고, 내가 연습할 수 있도록 피아노도 마련되어 있었다. 하지만 부엌을 제대로 꾸미려면 다른 시공사를 찾아야 했다. 아직 정치적으로 불안하던 때라 문을 닫은 회사가 많았다. 엄마는 직접 가구 공장을 찾아가자고 했다.

"어떻게?"

"호텔 로비에 가서 영어가 통하는 택시기사를 찾아 달라고 하자."

우리는 먼저 택시기사에게 가구점에 가 달라고 부탁했다. 하지만 대부분의 가구점은 문이 닫혀 있었다. 하긴 이 시국에 누가 가구를 사겠는가. 마지막 방문했던 가구점 주인이 주소를 내밀며 이곳에 가면 원하는 걸 살 수 있을 거라고 했다. 하지만 쪽지를 건네면서도 그는 조심해야 한다는 당부를 여러 차례 건넸다. 무슨 일이 생기면 꼭 자신에게 연락하라면서.

다시 우리를 태운 택시는 시내 중심에서 40분쯤 떨어진 곳으로 갔다. 강을 건너는 걸 보니 옆 도시에 있는 섬 같았다. 목적지에 도착하니 주위에는 아무것도 없고 5층 정도 되는 건물이 덩그러니 놓여 있었다.

우리를 본 경비원이 다가왔다. 무슨 용건으로 왔냐고 묻길래 엄마가 대답했다.

"I want to see your Boss!"

그러자 경비원이 어딘가로 전화를 걸기 시작했다. 곧 덩치 좋은 남자가 나타났다. 그는 영어를 전혀 하지 못했다. 엄마는 다시 반복해서 '보스'를 만나고 싶다는 이야기를 했다. 눈치를 챈 남자는 '오케이'를 외치며 건물 안으로 우리 모녀를 안내했다.

살벌한 분위기 속에서 세 사람의 발자국 소리만 울려 퍼졌다.

창살 같은 엘리베이터를 타고 올라가는 동안 나는 겁에 질려 있었다. 전기가 끊어진 것처럼 건물 내부는 어두컴컴했다. 엘리베이터에서 내려 꽤 긴 복도를 걸어가자 드디어 빛이 환하게 비치는 큰 방이 나타났다. 그 방에는 머리를 모두 민 남자아이들이 같은 옷을 입고 나무를 자르고 있었다. 나는 속으로 '망했다!'를 외쳤다. '우리가 밖으로 나갈 수 있을까? 여기서 이렇게 죽는구나.' 이곳에 온 걸 뒤늦게 후회했다. 그 많은 남자 아이들이 우리 모녀를 바라보고 있었다. 너무나 신기하다는 표정이었다.

안내원은 우리를 데리고 맨 끝 방으로 향했다. 그곳에 가니 영화배우처럼 잘생긴 젊은 남자가 엄마와 나를 반겨 주었다. 금발머리의 이 남자가 '보스'라고 했다. 그는 게스 청바지를 입고 있었다. 영어 또한 유창했다. 비로소 경직되었던 마음이 풀리면서 안도의 한숨이 새어 나왔다.

미남 보스가 여기까지 어떻게 왔느냐고 물어봤다. 나는 필하모니아 피아니스트고 연주가 있을 때마다 호텔에 머물렀는데, 호텔에서는 연습도 할 수 없고 무엇보다도 체류비가 비싸서 그 돈으로 작은 아파트를 장만했다고 설명했다. 이후 다른 곳은 예쁘게 수리했지만 부엌은 불가능한 상황이라 여기까지 찾아왔다고 말하며 한국은 3시간이면 끝날 일이 여기서는 너무 어렵다고 하소연했다.

미남 보스는 본인이 부엌 상태를 보고 견적을 내겠다고 했다. 나는 지휘자 드미트리예프 선생님에게 전화를 걸어 이 상황을 알렸다. 선생님은 나와 엄마가 없어져 경찰에 신고하려고 했다면서 화를 내셨다. 견적을 내기 위해 '보스'는 우리 집을 찾았다. 집을 한 번 휙 둘러보더니 자기가 단돈 500달러로 귀여운 부엌을 만들어 주겠다면서 단 하루 만에 공사를 해 줬다. 부엌 바닥도 춥지 않도록 와인 코르크 재료를 써서 아주 근사하게 꾸며 주었다. 그러면서 다음 연주회에 꼭 오겠다는 말을 잊지 않았다. '보스'가 돌아가고 나서 선생님은 불같이 화를 냈다.

"거기가 뭐하는 곳인지 알아? 젊은 죄수들에게 일을 배우게 하는 아주 험악한 곳이야. 경미 너는 한 번도 보지 못한 사람을 뭘 믿고 여기로 데려와!"

나는 솔직하게 대답했다.

"배우처럼 잘생겼고, 청바지는 미국 거, 시계도 스위스 명품이고…. 돈이 궁해 범죄를 저지를 것 같진 않아서…."

선생님은 철부지 어린아이를 보는 것처럼 혀를 끌끌 찼다. 그날 이후 우리 모녀는 외출할 때마다 옆집에 사는 선생님의 허락을 받아야 했다.

엄마의 자장가

♥

러시아의
음악 교육

중앙일보 주최로 모스크바 볼쇼이 오케스트라와 협연이 이루어졌다. 러시아의 전설로 불리는 지휘자, 푸하트 만스로프와 만나 서울에서 공연을 하게 되었다. 그 인연으로 만스로프 선생님은 본인이 상임 지휘자로 있는 카잔 심포니에 우리 모녀를 자주 초청해 주었다. 만스로프 선생님은 러시아 태생이 아닌 카자흐스탄 출신의 지휘자다. 선생님은 러시아와 인연이 깊었는데, 러시아의 음악 교육이 세계에서 가장 뛰어나다고 극찬했다. 재능만 있다면 사회주의식 교육도 나쁠 게 없다며 러시아 음악을 지키겠다고 했다.

선생님은 레슨 방식 또한 남달랐다. 스파르타식의 레슨이 이런 것인지는 몰라도 본인이 원하는 음악적, 테크닉적 문제가 해결될 때까지 몇 시간이고 연습을 시켰다. 선생님은 평생 볼쇼이 발레단과 호흡을 맞추며 음악을 만들어서 그런지 내가 건반 위의 발레리나가 되기를 원했다. 열 손가락 끝이 발레리나의 발가락 끝과 같다면서.

나와 엄마는 만스로프 선생님의 레슨을 받기 위해 서울과 모스

크바를 오갔다. 선생님은 무대 매너부터 섬세한 연주를 할 때 짓는 표정까지 세세하게 신경을 써 주었다. 그야말로 음악의 안무가였다.

카잔 일정은 늘 길었다. 카잔에서의 연주가 끝나면 울리야놉스크(Ulyanovsk)라는 곳에 가서 또 한 번의 협연을 해야 했기 때문이다. 단순 연주보다도 그곳이 구 소비에트 사회주의 혁명을 주도한 레닌의 고향이기 때문에 일종의 역사 공부를 위한 여정이기도 했다.

선생님은 러시아는 큰 땅에 많은 민족이 더불어 살고 있기에 그들의 복잡한 문화를 알아야 비로소 애수에 찬 슬라브 민족의 정서를 지닌 음악을 이해할 수 있다며, 가능하면 한 곳이라도 직접 가서 보고 느껴 내 것으로 만들라고 했다.

러시아는 귀족의 정치, 사회주의, 혁명 그리고 공산주의와 민주주의까지 이어지는 격동의 역사를 갖고 있기에 러시아 음악의 저력을 온전히 체감하기 위해서는 역사 공부가 필수다. 선생님은 러시아어 사전을 건네며 다음에 만날 때는 러시아 말로 대화를 하자고 했다.

♥

<닥터 지바고>에
푹 빠진 엄마

우리 모녀가 모스크바에 도착하면 만스로프 선생님이 마중을 나왔다. 함께 카잔을 가기 위해서다. 모스크바역에서 카잔(Kazan)까지 침대와 식사가 제공되는 저녁 기차를 타고 7시간 정도를 달렸다. 엄마 없이 나 혼자 이 여정을 소화해야 했다면 절대 못 했을 것이다. 러시아 땅은 정말 드넓다. 게다가 9월에도 눈이 내렸다. 엄마는 그 모습을 보며 영화 〈닥터 지바고〉가 생각난다고 했다.

"경미야, 〈닥터 지바고〉에서 지바고가 라라를 만나러 가는 기차 안 같지 않니? 너무 낭만적이다. 나는 옛날부터 이런 기차를 타 보고 싶었어. 창가 자리에 앉아 러시아의 광활한 대지를 보고 싶었거든."

엄마는 영화를 좋아했다. 특히 〈닥터 지바고〉는 영화뿐 아니라 배경음악 역시 너무나 좋아했다. 엄마는 만스로프 선생님한테 〈닥터 지바고〉를 봤냐고 물었다. 그러자 그런 영화가 있느냐는 의외의 대답이 돌아왔다.

〈닥터 지바고〉는 러시아 시인이자 소설가인 보리스 파스테르나크의 소설을 영화화한 것이다. 이 소설이 베스트셀러가 되면서

러시아 자장가

영화로 만들어졌는데, 상영되자마자 전 세계 영화팬들의 마음을 사로잡았다. 그만큼 러시아의 아름다운 풍경이 압도적이기도 하다. 이 영화는 자유롭고 성실하게 살아가려는 지식인들이 겪는 혁명과 사회주의 현실의 부조리, 주인공들의 만남과 이별을 애틋하게 그리고 있다. 세계적으로 인정받는 소설이 되었지만, 정작 러시아 당국은 작가의 사상이 의심스럽다며 출판을 거부했다.

만스로프 선생님조차도 〈닥터 지바고〉란 소설을 모른다는 말에 공산주의의 무서운 면모를 엿보는 것 같았다. 나는 엄마와 마찬가지로 이 영화를 10번 이상 볼 만큼 좋아한다.

작가 보리스 파스테르나크는 유대인계 러시아인이고 음악인이기도 하다. 음악 이론을 6년 동안 공부했고, 러시아의 대표적인 작곡가 라흐마니노프와도 친분이 있었다고 들었다. 엄마는 영화뿐 아니라 소설도 몇 번이나 읽었고, 소설에 나오는 유명한 한 소절을 옮겨 적어 지갑에 넣고 다니기도 했다.

온 세상이 눈이 내리고, 또 내리는데
하얀 눈은 세상의 끝에서 끝까지 휩쓰나니
촛불 하나 탁자 위에서 외로이 타고 있네
촛불 하나 여전히 타고 있네
_ 소설 〈닥터 지바고〉 中에서

달리는 기차의 창가에서 바라보는 바깥 풍경은 여전히 새하얗게 빛나고 있었다. 엄마와 나는 하염없이 내리는 눈을 바라보며 카잔으로 향했다. 엄마의 말대로 카잔에 오길 잘했다. 우리는 〈닥터 지바고〉의 그 풍경 속에 있었다.

"엄마, 고마워!"

'다시 이런 시간을 누릴 수 있을까?' 하는 감정이 들만큼 로맨틱한 시간이었다.

♥

카잔에서
고려인들을 만나다

만스로프 선생님은 카잔에는 고려인이 많이 산다고 알려 주었다. 그러면서 고려인이 너를 보러 음악회에 많이 올 거라고 했다. 카잔과 고려인들의 역사를 알려 주다가 갑자기 홍범도 장군을 아느냐고 물었다. 유명한 독립운동가인데 이곳 카자흐스탄에서 여생을 보냈다면서 그분의 인생 이야기를 들려주었다. 나는 그때 처음으로 홍범도 장군을 알게 되었다. 몇 년 뒤 홍범도 장군에 관한 영화가 제작되어 '아, 정말 대단하신 분이구나.' 하고 실감할 수 있었다. 그분이 여생을 마친 곳까지 갔으면서 누군지 몰랐다니, '나 너무 무식한 거 아니야?'라는 반성도 했다.
선생님의 입에서 홍범도 장군에 관한 이야기가 나오자 나는 엄마에게 작게 물었다.

"엄마는 알아?"

"글쎄? 들어 본 것 같은데."

자기 나라 역사를 모르다니 아마도 선생님은 두 모녀를 한심하게 생각했을 것이다. 선생님은 역사학자 못지않게 역사 지식으로 가득했다. 피아니스트는 우주의 모든 것을 알아야 한다며, 연주회가 끝나면 이곳저곳 데리고 다니면서 역사 공부를 시킬 정도로 열정적이었다. 이런 가르침이 바로 구 러시아의 음악 교육이다. 악보에 있는 음만으로는 사람의 마음을 움직일 수 없다는 것을 러시아 교육자들은 너무나 잘 알고 있었다. 그 악보에 담긴 정서를 오롯이 이해할 때 제대로 된 연주를 할 수 있다는 건 역시 진리다.

선생님의 예상대로 음악회에 많은 고려인들이 참석해 주었다. 그 모습은 매우 감동적이었다. 한국에서 온 피아니스트의 연주가 있다는 라디오 광고를 듣고는 온 가족이 함께 연주회장을 찾아 준 것이다. 검은 머리의 고려인들로 객석은 이미 만석이었다. 나와 같은 검은 머리카락을 보니 마음이 따뜻해졌다. 마치 고국에서 연주하는 것처럼 편안한 분위기였다. 이날 나는 그리그의 피아노 협주곡을 연주했다.

음악회가 끝나고 몇 명의 고려인들이 무대 뒤로 찾아왔다. 그들의 손에는 배추김치와 따끈한 밥, 반찬이 들려 있었다. 내게 주는 선물이라고 했다.

호텔로 돌아온 엄마와 나는 정성껏 포장된 김치와 밥을 정신없이 맛있게 먹었다. 머나먼 이곳에서 손수 담근 김치를 다 먹다니, 너무 감사해 눈물이 날 지경이었다.

이곳에 이주해 사는 고려인들은 대부분 독립운동가의 후손들이다. 우리 민족은 세계 어느 나라에 가도 최선을 다해 정말 열심히 산다. 이 먼 곳까지 와서 뿌리를 내리고 잘 살아가는 고려인들을 보면서 진한 동포애를 느낄 수 있었다.

다음 날 우리는 울리야놉스크 심포니 오케스트라와 협연을 하기 위해 카잔을 떠났다. 굳이 울리야놉스크까지 갈 필요는 없었는데, 만스로프 선생님은 엄마에게 경미는 음악뿐만 아니라 역사도 알아야 한다며 이곳은 공산주의의 교과서와도 같은 레닌의 생가가 있는 곳이니 한 번쯤 가 봐야 하는 곳이라고 했다. 레닌이 왜 공산주의자가 됐는지 이해하려면 이곳을 방문해야 한다는 선생님의 말에도 내 반응은 미지근했다. 기나긴 여행길에 지쳐 있었기 때문이다. 엄마는 이런 나를 설득하기 시작했다.

"사회주의 혁명이 왜 일어났는지 궁금하지 않니? 책으로 궁금증을 해소하기에는 한계가 있어. 놀러 가는 셈 치고 가자. 응?"

엄마의 말에 결국 레닌의 생가를 둘러보러 울리야놉스크로 향했다. 아직 포장도 안 된 시골길을 버스를 타고 달리고 또 달렸다. 그런데 3시간쯤 달렸을까? 문제가 생겼다. 아까부터 계속 참고 있던 오줌보가 한계에 다다른 것이다. 먹은 것이 같으니 엄마도 마찬가지였다.

"경미야, 이거 큰일 났구나야. 이를 어쩌냐?"

"그 봐, 내가 이럴 줄 알았어. 무슨 레닌의 생가야? 막상 가 보면 별거 아닐 걸?"

"아무나 못 들어가는데 우리만 특별히 보여 준다는 거 아니야?"

"그건 그렇고, 우리 이제 어떻게 할 거야? 화장실에 화자도 안 보이는데. 봐도 봐도 들판이야."

"지휘자 쌤한테 물어봐?"

"싫어. 창피해. 말만 해도 나올 지경이야!"

"할 수 없다. 내가 해야지."

"엄마가? 엄마 영어 괜찮아?"

"저쪽도 영어 못하는데, 뭐."

엄마는 곧장 지휘자 선생님에게 가더니 손짓 발짓을 동원해 애

타게 상황을 전했다. 그 광경을 지켜보던 나는 웃음보까지 터지기 일보 직전이었다.

"I am very very sorry. The water is 샤샤!" 하면서 '샤샤'를 계속 지휘하듯 감정을 가득 담아 표현했다. 그러자 엄마의 손 씻는 듯한 동작을 이해한 만스로프는 "Oh! No Problem!" 하고 엄지손가락을 '척' 위로 올렸다. 엄마는 역시 천재다. 만스로프는 버스기사에게 버스를 세우고 잠시 쉬고 가자고 했다.

버스 안에는 버스기사, 엄마, 나, 그리고 만스로프 선생님 네 사람뿐이었다. 선생님은 우리에게 이렇게 말했다.

"이 넓은 대지가 너의 화장실이야! 천천히 하고 와!"

"Oh My God!"

나는 그날 처음으로 대자연 속에서 일을 치렀다. 엄마는 다 좋은 추억으로 남을 거라며 내 어깨를 두드렸다. 우리는 거사를 마친 장군처럼 시원한 마음으로 버스로 돌아왔다. 엄마의 애절한 퍼포먼스가 아니었다면 정말 버스 안에서 실수할 뻔했다.

"Thank You, MOM!"

울리야놉스크 심포니와 연주를 끝내고 일요일이 되었다. 휴일임에도 불구하고 시청에서는 우리를 위해 레닌의 생가를 공개해 주었다. 넓은 거실에는 검정색 그랜드피아노가 놓여 있었다.

아이들 방에는 레닌의 어머니가 직접 뜨개질해 꽃 자수를 놓은 하얀 침대 커버가 있었다. 넓은 앞마당에는 화사한 꽃들이 귀엽게 피어 있었다. 누가 봐도 사랑스럽고 따뜻한 집이었다. 레닌의 아버지는 의사였다. 비교적 부유한 집안에서 성장한 레닌은 피아노 연주를 좋아하는 성실하고 평범한 아이였다고 한다.

내가 본 레닌은 상트페테르부르크의 길바닥에 처참하게 버려진 동상이었는데 그가 자란 집은 이렇게 따스하고 정겹다니, 그 격차가 놀라웠다. 나는 시청에서 나온 안내원에게 물었다.

"어떻게 이렇게 평범한 소년이 공산주의자가 된 거죠?"

레닌은 카잔대학에 다니던 학생 시절, 공산주의 지하조직에 가담한 멤버였다고 한다. 그러던 어느 날 레닌이 무척 따르던 맏형이 제정 러시아 알렉산드로 3세의 암살 계획에 연루되어 좌파로 몰렸고, 레닌이 보는 앞에서 총살당했다. 이 비참한 상황을 목격한 레닌은 이때부터 광적으로 변해 모두가 평등한 세상을 만들겠다며 인류 최악의 러시아 공산주의를 탄생시켰다고 한다.

이번에도 엄마의 판단이 옳았다. 엄마는 "이제 내가 가자고 하면 가는 거다! 징징거리지 말고. 이런 좋은 경험이 어디 있니?"라고 말하며 흐뭇해했다. 선생님은 피아노 뚜껑을 열어 주며 엄마에게 피아노를 연주해 보라고 했다. 엄마는 조금도 망설이지 않고 와이만의 〈숲속의 메아리〉를 연주하기 시작했다. 완벽한 연주였다. 선생님은 "브라보!"를 외치며 "여기에 진짜 피아니스트가 있네!" 하면서 다음 음악회에 엄마를 초청해야겠다고 했다. 앙코르를 외치자 엄마는 이번에는 모차르트 피아노 소나타 11번 3악장 '터키' 행진곡을 연주하기 시작했다.

정말 놀라웠다. 어떻게 연습도 안 했는데 손가락이 춤을 추듯이 움직이는지, 시대를 잘못 타고난 엄마의 재능이 너무 아까웠다. 엄마는 햇살 가득한 레닌의 집 거실에서 '오이숙의 피아노 연주회'를 열고 있었다. 평생 기억에 남을 장면이었다.

♥

위험한 만남,
상하이

1990년 중국이 개방된 후, 상하이 교향악단에서 연주 섭외 요청이 계속 들어왔다. 그런데 이경미의 어머니가 꼭 동행하라는 요청이 덧붙여져 있었다. 보통 어머니를 콕 찍어 같이 오라는 경우는 매우 드문 일이다. 나는 중국 음식을 좋아하지 않아 별로 가고 싶지 않았는데, 엄마는 자신을 꼭 오라고 하니 가야지 하면서 무척 좋아했다.

엄마는 "우리 아버지가 6·25전쟁 중에도 상하이에서 특별히 자주색 호루겔 피아노를 주문해 피아노 연습을 시켰다."라며, 꼭 가고 싶다고 했다.

"내 생전에 북경의 만리장성을 보는구나. 경미야, 넓은 세계를 봐야 피아노도 잘 친다!"

그렇게 우리는 중국으로 떠났다.

오케스트라와 첫 연습이 끝나자 바이올린 주자가 다가오더니 인사를 했다.

"이경미 씨, 오마니, 반갑씀메다. 저는 조선족이고 제 부인은 평양 사람입메다."

엄마도 반갑게 인사를 건넸다.

"그렇씀메까? 저는 고향이 평양입메다."

조선족 출신의 바이올린 연주자는 내일 저녁을 사고 싶다고 했고, 엄마는 흔쾌히 그 제안을 받아들였다.

그 식사 자리에는 평양 출신인 부인이 100일도 안 되는 남자 아기를 안고 왔다. 부인은 대단한 미인이었다. 기쁨조 출신이라고 했다. 식당도 매우 고급스러운 중식당이었다. 바이올린 주자는 노란 봉투를 열어 보였다. 얼마 전 연주한 팸플릿부터 내 사진과 서류들까지 나에 관한 자료가 담겨 있었다. 그는 엄마에 대해서도 이야기했다.

"저는 오마니에 대해서도 잘 알고 있음메다."

"저가 어렸을 때 김일성 장군 앞에서 연주도 많이 했음메다."

그는 그 사실도 잘 알고 있다며 내 상황에 대해 면밀히 이야기하기 시작했다.

"일본에서 자랐으니 일본 말은 물어보나 마나 잘할 거이고, 또한 10년을 미국에서 공부했으니까 영어도 잘하고, 한국에서 자라지 않았으니 서울의 대학에는 못 들어갔을 거이고, 그렇지 않습메까? 거기선 누구도 이경미 씨를 훌륭한 사람으로 키우지 못함메다."

그는 우렁찬 목소리로 말했다.

"나랑 같이 평양으로 갑시다!"

당시 나는 KBS TV 음악프로에 많이 출연했다. 〈이경미의 피아노 교실〉, 〈토요객석〉, 〈화제의 음악가〉 등 수없이 많은 프로그램에 얼굴을 비췄다. 얼굴이 잘 알려져서 이런 제안을 하는 건가? 평양에 가면 비행기에서 내리자마자 빨간 주단이 깔려 있을 것이고, 큰 집과 2명의 비서, 기사 달린 벤츠를 받을 것이며, 김일성대학 교수로 재직하면서 동시에 외교관 수업을 병행해 외무부 장관까지 만들겠다는 이야기였다. 황당한 이야기여서 진지하게 듣지는 않았다. 그저 재밌는 이벤트 정도로 여겼던 것 같다.

첫 번째 만남은 이렇게 끝나고, 우리는 두 번째 식사 약속을 했다. 호텔로 돌아와 이 신기한 뉴스를 서울에 있는 아버지에게 전했다. 그런데 다음 날 갑자기 우리 숙소에 아버지가 나타났다. 두 모녀가 너무 걱정되었던 아버지가 곧바로 비행기를 타고 날아온 것이다. 아버지는 이런 엄청난 일이 벌어졌는데 아무 일 없었다는 듯 평화로운 얼굴을 한 모녀를 보면서 혼자 흥분해서 '씩씩'거렸다.

두 번째 만남은 아버지가 참석했다. 아버지는 신사적인 말투로 "처가는 대가족인데 6·25 때 모두 평양에서 남한으로 내려왔고, 큰 매형은 6·25 때 남으로 못 내려오고 김일성대학 교수로 재직하고 있는 것으로 안다."며 아버지도 강원도 고성 출신이고 어릴 때 백두산에 자주 놀러 갔다고 말했다. 그리고 우린 다 같은 민족이지만 이런 식의 접근은 곤란하다면서 자신은 과거에 공산당 잡는 '경찰'이었다고 밝혔다. 그리고 화제를 아기에게 돌렸다.

아버지는 달러가 많이 들어 있는 봉투를 아기 엄마에게 건네면서 아기 옷을 사라고 손에 꼭 쥐여 주었다. 아버지는 경직된 분위기를 바꾸기 위해 통일을 위해 건배를 하자며 맥주를 마시자고 했다. 마침 그 레스토랑에 북조선 맥주가 있어 우리 모두 건배를 했다.

바이올린 주자는 내일 상하이 시내 구경을 본인이 가이드해도 되겠느냐며 정중하게 물었다. 며칠 사이 정이 들었는지 그의 가족은

엄마의 자장가

서울로 떠나는 우리를 배웅하기 위해 공항까지 나왔다. 그의 손에는 보자기 하나가 들려 있었다. 본인의 보물인데 김일성 장군님이 하사한 도자기라고 했다. 아버지는 통일이 되면 그때 받겠다면서 돌려주었다. 아기 엄마는 나와 엄마를 보면서 울기 시작했다.

"오마니 생각이 납니다."

엄마를 보니 자신도 엄마 생각이 난다면서 눈물을 줄줄 흘렸다. 그 모습을 보며 엄마도 울기 시작했다. 아기 엄마는 엄마를 껴안고는 "오마니, 오마니" 하면서 통곡을 했다. 딱히 이유도 없이 나도 눈물 콧물을 흘렸다. 확실히 눈물은 전염성이 강하다.

눈물을 흘리면서도 '왜 엄마하고 꼭 같이 오라고 했을까?' 궁금했다. 혹시 남한 TV를 시청하던 김일성이 어릴 적 엄마 모습과 꼭 닮은 나를 보고 "저 에미나이들 데리고 오라우." 하지 않았을까? 혼자 상상의 나래를 펼쳤다.

♥

모차르트가 사랑한
프라하

모차르트가 가장 사랑한 도시 프라하. 엄마 역시 이 도시를 모차르트 못지않게 사랑했다. 특히 가을의 프라하는 환상적이다.

엄마와 나는 블타바강에서 불어오는 강바람을 마시며 천문시계가 있는 광장까지 걸었다. 카를교를 건너며 블타바강에 비치는 아름다운 단풍의 매력에 푹 빠져들었다. 엄마는 몇 번이나 "예쁘다. 너무 예쁘다."고 반복해서 말했다.

엄마는 '예쁘다'는 소리를 자주 한다. 손재주가 많은 엄마는 다섯이나 되는 자식들의 옷을 직접 지어 입혔다. 보통 형제가 많은 집은 위에서 아래로 물려 입힌다는데, 엄마는 그러지 않았다. 아이들마다의 개성과 이미지에 맞게 새 옷을 지어 주었다. 엄마는 틀에 박힌 것, 획일적인 것을 좋아하지 않았다. 그만큼 심미안이 발달해 있던 엄마는 아름다움을 사랑했다. 예쁜 것을 보면 예쁘다고 좋아하는 감수성 풍부한 엄마가 나는 늘 자랑스러웠다.

엄마는 프라하의 가을을 사랑했다. 특히 단풍 색깔의 다채로움을 사랑했다. 우리 모녀는 한동안 카를교 위에 서서 황홀하게 빛나는 이 도시를 바라보았다.

프라하 시민들은 유난히 모차르트를 아꼈다. 모차르트 또한 이 도시를 사랑했다. '우리가 서 있던 카를교 위에 그도 서 있었을까?' 프라하를 떠올리면 카를교와 모차르트가 떠오른다. 치매에 걸린 엄마도 이곳에서의 기억만큼은 잊지 않으면 좋겠다.

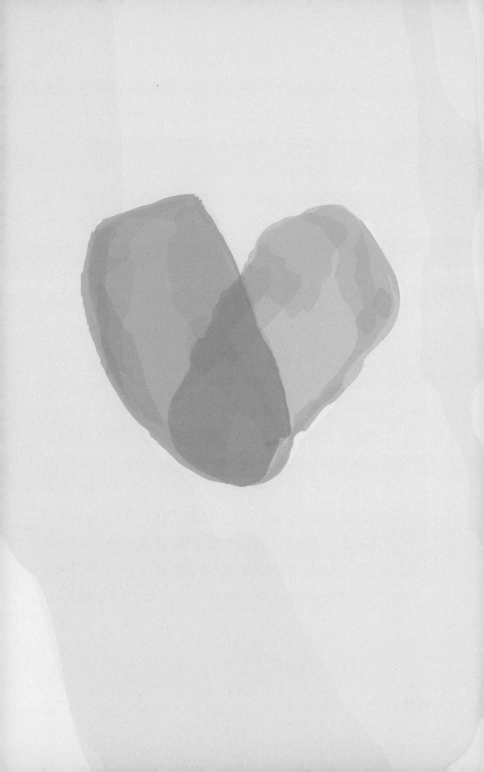

4장

휠체어
여행

♥

지상 낙원
하와이

나와 엄마는 항상 해외로 돌아다니고 아빠와 도형이는 서울 집을 지키고 있었다. 생각해 보니 우리 네 식구가 오붓하게 같이 보낸 시간이 없었다. 아버지는 아주 오래전부터 하와이를 가고 싶어 했다. 하지만 도형이는 의사 생활로 워낙 바빠서 며칠씩 병원을 비우기가 어려웠다. 그러던 중 도형이가 극적으로 시간을 내면서 우리 네 식구가 따뜻한 와이키키해변에서 설 연휴를 보내게 되었다. 함께하지 못한 형제들은 두툼하게 여비를 보태 주었다.

그때만 해도 엄마는 무릎도 허리도 정정했다. 와이키키 중앙로에 위치한 힐튼호텔에서 하얏트호텔까지 씩씩하게 걸어 다녔다. 나 역시 내가 암 환자가 될 거라고는 생각을 해 본 적이 없었다. 그 시절의 우리는 모두 건강하고 행복했다. 이렇게 시간이 빨리 흘러 노인이 되고, 엄마가 치매를 겪게 되리라고 누가 예상이나 했을까.

지상낙원이라고 불리는 하와이는 눈부시게 아름다웠다. 천국 같은 그곳에서 사람들은 모두 여유롭고 자유로워 보였다. 잘게

부서지는 햇살 속에서 엄마는 환하게 웃고 있었다. 그 모든 것이 감사한 순간이었다.

병을 앓은 뒤 나는 그동안 내가 누린 무탈한 일상과 사람들의 환대와 삶이 주는 기쁨을 너무 당연하게 받아들였던 건 아닌지 뒤돌아보곤 했다. 그렇다. 세상에 당연한 것은 없다. 누군가의 수고로움으로 내가 편안한 것이고, 누군가의 정성으로 내 일상이 안온했던 것임을 깨달았다. 대중가요의 가사처럼 아픈 만큼 성숙해진 것인지 모른다.

♥
휠체어 여행

이 많은 여정을 엄마는 여전히 기억하고 있을까? 한 가지 틀림없는 사실은 엄마는 치매에 걸렸어도 여행을 좋아한다는 것이다. 하지만 무릎까지 아프기 시작한 엄마는 대부분의 시간을 집에서 보내야 했다. 이 와중에 도형이가 중요한 결단을 내렸다. '휠체어'를 타고 계속 여행을 가자는 것이다. 당시에는 휠체어 타고 나들이 가는 노인이 거의 없었다.

도리어 "왜 저 몸으로 나돌아 다녀?", "저 나이에 얌전히 집이나 지키고 있을 것이지."라는 시선이 대다수였다. 그래서 엄마를 휠체어에 태우고 외출할 때마다 무슨 죄를 짓는 것같이 눈치를 보고 다녀야 했다. 하지만 엄마의 금 같은 시간을 '멍~'하게 집에서만 보내게 할 수는 없었다.

나도 몸이 아파 언제나 골골거렸지만, 지긋지긋한 암 치료에서 탈출해 기분 전환이라도 하고 싶은 마음이 굴뚝같았다. 그렇다고 무턱대고 길을 나설 수는 없었다.

'유방암 후유증으로 무기력증이 심한데, 해외여행은 무리가 아닐까?', '휠체어 미는 게 보통 노동이 아닌데, 과연 내가 잘할 수 있을까?' 하는 걱정이 들었다.

도형이는 도리어 몸을 움직이는 것이 누워 있는 것보다 좋다며 아프면 진통제를 먹으면 된다고 했다. '하기야, 죽기밖에 더 하겠어.' 하는 마음으로 나는 결정을 내렸다.

도형이는 1년 휴가를 몰아서 받고 그 소중한 시간을 부모님과 나를 위해 썼다. 여태 가 보지 않은 해외로 일정을 잡아 강행군이다 싶을 만큼 계획을 짰다. 한 번도 가지 않았던 나라를 간다는 것에 설렘 반, 두려움 반이 밀려왔다. 특히 치매 노인인 엄마가 잘 적응할 수 있을지 걱정이 앞섰다.

그래도 우리는 떠나기로 했다. 남은 시간 우리 넷이 똘똘 뭉쳐 또 하나의 도전을 해 보기로 한 것이다.

♥ 정열의 나라
스페인

우리는 스페인 바르셀로나에 도착했다. 도착하자마자 피곤이 밀려와 충분히 휴식 시간을 가진 뒤 저녁 식사가 포함된 〈플라멩코 쇼〉를 보러 갔다. 엄마는 춤 공연을 보러 간다고 하니 외모에 신경을 썼다.

이 공연을 보기 위해 서울에서부터 준비한 화려한 옷과 모자를 착용하고 공연장으로 향했다. 공연을 보러 온 관광객들은 엄마에게 "So Beautiful!"이라며 손을 흔들기도 했다. 엄마는 본인이 이 무대의 주인공이 된 것처럼 최고로 행복한 표정을 짓고 있었다.

짧은 춤이 끝나면 엄마는 기가 막힌 타이밍에 박수를 치며 신나게 "브라보!"를 외쳤다. 열렬히 박수를 치는 엄마는 치매 환자가 아니었다. 엄마가 너무 열광을 하니 같이 관람하는 사람들도 엄마를 따라 "브라보!"를 외쳤다.

열정에 사로잡힌 무희들은 흐트러진 머리, 땀에 젖은 옷 따위는 아랑곳없이 구슬땀을 뚝뚝 흘려가며 강한 리듬에 몸을 맡겼다.

나는 이 공연을 보기 전까지 '흐트러진 아름다움'이 이렇게 강렬하게 마음에 와닿는 줄 몰랐다. 언제나 나의 음악은 '아름답고 우아하고 섬세한', 어찌 보면 아름다운 화원 속의 꽃 같은 연주였다. 내 음악에도 이 자유롭고 거친 아름다움이 있어야 한다는 발상이 떠올랐다.

나는 새로운 연주 스타일을 스페인 무희들의 춤으로부터 배웠다. 그 후 한동안 플라멩코 춤과 그들의 자유분방한 음악 세계에 빠져 지냈다. 그들의 드레스와 부채를 사 모으고, 비제의 오페라 〈카르멘〉을 자주 보러 다녔다.

우리는 그라나다의 알람브라궁전에도 갔다. 같은 스페인이지만 마치 다른 나라에 온 것처럼 신비롭고 이색적이었다. 알람브라궁전은 그라나다의 군주가 살던 저택으로, 이슬람 건축양식이 돋보였다. 여기에 기독교 건축양식도 함께 보존되어 있었다.

엄마는 이곳에서도 박식한 머리의 소유자인 것을 우리에게 다시금 확인시켜 주었다.

"여기는 러시아 상트페테르부르크의 예르미타시궁전, 프랑스 파리의 베르사유궁전하고는 스타일이 완전 다르구나야! 벽돌 색깔이 붉고, 벽에 뭐가 이렇게 작은 그림(조각)이 붙어 있구나. 마당은 작아도 깨끗하게 청소되어 있는 것이 귀엽구나. 정원사

가 아주 좋은 사람이가 보다. 어, 맞다! 아랍 나르스 군주의 저
택인 '그라나다'는 아랍어로 '붉은 성'이라는 뜻이지!"
여행길에 오른 엄마는 여든이 넘은 치매 환자가 아니었다. 엄마
의 똑똑한 뇌가 여전히 활발하게 활동하고 있었다. 새로운 것을
보면 기억도 새롭게 만들어지는 거였다. 역시 만물박사 내 동생
도형이의 말이 맞았다. 낯선 경험은 치매에 걸린 사람도 보통의
사람처럼 천재로 만들어 주는 힘이 있다! 비록 기억이 일반인보
다 오래 머물지는 않지만, 신선한 경험을 받아들이는 청각, 후
각, 미각 등은 여전히 살아 있었다. 특히 엄마의 감수성은 놀라
울 정도로 폭발했다. 꽃 한 송이, 나무 한 그루, 새의 지저귐….
이 모든 것을 엄마는 아기처럼 좋아했다.
엄마는 여행을 통해 60년 전 동경에서 살던 기억까지 생생하게
떠올렸다. 너무나 신기했다. 모차르트는 "여행을 가지 않는 사
람은 참으로 불쌍하다."고 했다. 정말 그 말이 맞았다니! 인간은
여행을 통해 그만큼 성장하는 것이다.

연주를 하다 보면 작은 실수를 할 때가 있다. 이때 다시 그 자리
로 돌아가면 십중팔구 엉망이 된다. 앞으로, 앞으로, 혹은 건너
뛰어도 좋으니 계속 진행해야 한다. 우리의 여행도 연주와 같았
다. 간혹 엄마가 실수를 해도 "그건 아니야!" 하고 바로 잡으려

고 하지 않았다. 다만 우리는 이렇게 외쳤다.

"좋아, 좋아! 오이숙이 다 맞아! 잘하고 있어!"

엄마가 새로운 세상에 적응할 수 있도록 칭찬을 아끼지 않고 자신감을 심어 주었다. 망설임 없이 의사 표현을 할 수 있도록 말이다. 우리는 엄마가 뭔가를 시도할 때마다 큰 소리로 응원했다.

"역시 오이숙이 최고야!"

우리의 외침에 엄마는 나팔꽃처럼 웃었다.

♥

자동차가 없는
스위스 마을

스위스의 자연은 마치 그림을 그려 놓은 것처럼 아름다웠다. 경이로운 대자연의 아름다움은 신(神)의 선물인 것이 분명하다.

"이숙아, 공기 좀 마셔 봐!"

"좋다, 좋구나야."

엄마는 마치 누군가가 시킨 것처럼 마음껏 입으로, 코로 깨끗한 공기를 마시고 있었다. 스위스의 작은 마을 '뮈렌'은 통나무로 만든 작은 집들이 인상적이었다. 특히 발코니에 장식된 팬지꽃과 앙증맞은 꽃바구니들이 시선을 끌었다.

엄마는 혼잣말을 하듯 말했다.

"저 팬지꽃을 우리 엄마가 좋아했어. 우리 엄마 임충실은 마당에 팬지꽃을 여기저기 심어 놨다! 내 엄마 임충실….”

옛 기억을 더듬는 엄마의 눈빛이 아련했다. 나는 옆에서 엄마에게 물었다.

"이숙이 엄마?”

"응, 우리 엄마.”

엄마가 말한 엄마는 외할머니다. 나는 어린 시절 외할머니와 같이 지냈다. 외할머니는 정말 마당에 팬지꽃을 많이 심었다. 꽃 중에 팬지꽃을 제일 좋아했기 때문이다. 엄마는 꽃을 보면서 어떻게 외할머니를 떠올렸을까? 이 머나먼 스위스에서 말이다. 참 신기했다.

뮤렌에서 하룻밤을 보내고 다음 날 아침, 산책 도중 엄마는 우리에게 질문을 던졌다.

"여기는 왜 자동차가 없어? 동교동도 자동차가 많고, 일본도 자동차가 많은데.”

이 물음에 우리 모두 놀랐다. 정말 이 작은 마을에는 눈에 띄지도 않는 소형 전기차만 있을 뿐, 자동차는 한 대도 안 다녔다. 아무도 그런 생각까지는 안 했는데 엄마가 이런 작은 것까지 섬세하게 알아보다니 혹시 천재일까?

♥

로맨틱한 도시,
베네치아

세계에서 가장 아름답고 로맨틱한 도시인 베네치아. 노래를 좋아하는 아버지는 젊었을 때부터 베네치아에서 곤돌라를 타며 노래하는 것이 '꿈'이었다고 한다. 베네치아를 여행하기 전 아버지는 혹시나 본인이 부를 노래까지 연습을 했다.

베네치아는 바람둥이였던 피아니스트 리스트가 유부녀인 다구 백작 부인과 사랑에 빠져 신분을 초월한 사랑을 나눈 장소로도 유명하다. 리스트는 자신이 벌인 사랑의 도피에 '순례의 해'라는 이름을 붙이고 스위스, 이탈리아 등지를 여행하면서, 로마 교황에게 상대가 유부녀지만 본인들의 사랑을 인정하고 결혼을 승낙해 달라는 요청서를 보내기도 했다. 그리고 여행하는 동안 보았던 조각, 그림 등의 예술품, 인상 깊게 본 자연 풍경들을 피아노 음악으로 표현하기도 했다. 뱃사공이 모는 곤돌라를 타고 노래를 하는 리스트, 두 연인의 달콤한 시간은 고스란히 피아노 연주곡에 담겼다.

생각해 보면 아버지도 리스트처럼 로맨틱한 남자임이 틀림없다. 아버지는 강원도 고성에서 살았는데, 집에 일본어 교사와 러시아어 교사가 하숙을 하고 있었다. 집 어른들은 방세를 조금 받는 대신 아버지에게 일본 말과 러시아 말을 가르치도록 했다. 얼굴도 잘생기고, 멋쟁이인 데다 러시아 말까지 잘하는 아버지는 어디서나 인기가 많았다. 이런 아버지의 평생소원이 곤돌라 위에서 노래를 부르는 것이라니, 꼭 이루어지기를 소망했다.

하지만 현실은 달랐다. 장시간의 비행기 여행이 피곤했는지 아버지는 베네치아의 호텔에 도착하자마자 골아 떨어져 다음 날에도 하루 종일 코만 '드렁드렁' 골고 도무지 일어나지 않았다.

엄마는 "심심하구나야! 저 영감은 왜 저리 시끄럽니? 나가자꾸나." 하면서 보채기 시작했다. 겨우 아버지를 깨워 우리 가족은 꿈의 곤돌라를 탈 수 있었다.

곤돌라는 생각보다 작았다. 아빠도 뚱뚱하고, 무릎이 아픈 엄마는 더 뚱뚱했다. 더구나 곤돌라는 휠체어 없이 타야 했다. 낭만이고 자시고 휠체어가 없으니 엄마가 짜증을 내기 시작했다.

"웬 배가 이리도 작니? 난 못 타겄다. 내리자. 무섭다!"

곤돌라가 꿀렁거리며 움직이자 엄마의 얼굴이 경직되기 시작했다.

"물 냄새가 좀 시시하구나야."

코를 킁킁거리며 물 냄새를 맡기도 했다.

"아버지, 노래 안 불러?"

내가 물어보니, 안 들리는지 못 들은 척을 하는 건지 아니면 보청기가 맛이 갔는지 아버지는 앞만 보고 아무 말도 하지 않았다. 뱃사공은 분위가 이상하자 노래는커녕 대충 빨리 노를 저어 어느 기슭에 내려 주었다.

호텔로 돌아와 잠이 온다는 엄마와 아버지를 재우고, 나와 도형이는 다시 밖으로 나왔다. 이미 해가 저물어 가고 있었다. 하나 둘 불빛이 켜지자 강물이 반짝반짝 별처럼 빛나기 시작했다. 우리는 아담한 카페에 앉아 아이스크림을 먹으면서 오후에 있었던 장면을 떠올리고는 낄낄 웃었다. 그렇게 바라던 곤돌라에 탔건만, 엄마는 물비린내를 못 견뎌 하고 아버지는 입을 꾹 닫고 노래 한 소절도 부르지 못했다.

베네치아는 우리 가족이 상상했던 것만큼 낭만적이지는 않았지만, 여전히 내 마음속에는 사랑이 깃든 동화 같은 곳이다.

♥

쇼핑 천국,
이탈리아 밀라노

밀라노 광장에 우뚝 서 있는 밀라노대성당, 광장을 둘러싸고 있는 골목 사이사이에 빼곡히 자리 잡은 아이스크림 가게와 디저트 가게, 그리고 한눈에 들어오는 명품 가게들과 쇼핑몰…. 엄마와 나는 너무 흥분해서 거의 '실신' 상태였다.

아빠와 도형이는 묵묵히 우리를 따라왔고, 우리 모녀는 아이스크림을 하나씩 들고 명품 가게의 쇼윈도를 구경하느라 정신이 없었다. 예쁜 옷과 구두, 가방으로 치장을 한 마네킹을 보면서 "아, 예쁘다." 하고 감탄하고 있는데, 휠체어를 타고 있던 엄마가 "내가 요새 살이 쪄서 말이야. 이 옷들 입을라면 살 좀 빼야 하는데…. 다시 와야겠다." 하면서 깔깔 웃기 시작했다. 나는 엄마 기분을 맞춰 주기 위해 슬쩍 한마디를 던졌다.

"엄마, 앞에 있는 저 여자들 궁둥이를 봐. 엄마보다 훨씬 뚱뚱해!"

"오라, 이 나라는 나보다 뚱뚱한 여자가 많구나야."

나이가 여든이 넘고 치매에 걸린 엄마지만, 엄마는 여전히 여자였다.

도형이는 여기까지 왔으니 바로 눈에 보이는 대성당에 들어가 보자고 했다.

"엄마는 저거랑 똑같은 것 많이 봤어. 나는 요로케 재미나게 손잡고 요로케 아이스크림 먹는 것이 더 좋구나야."

엄마는 네 식구가 서로 손을 잡고 젤라또를 먹으며 밀라노광장에 앉아 여러 나라 사람들을 보는 걸 좋아했고, 특히 본인보다 뚱뚱한 여자들을 보며 행복해했다. 아버지는 조금 전 산 아르마니 선글라스를 끼고 〈대부〉의 '말론 브란도'라도 된 듯한 포즈로 앉아 있었다. 그렇게 우리는 한참 동안 같은 자리에 앉아 따스한 햇살을 받으며 평화로운 시간을 마음껏 즐겼다.

♥

모차르트의 도시,
잘츠부르크와 비엔나

〈반짝반짝 빛난 별〉. 엄마가 처음으로 내게 가르쳐 준 모차르트의 노래다. "사랑, 사랑, 사랑만이 천재를 만드는 지름길"이라는 명언과 주옥같은 명곡을 세계인의 가슴에 남긴 모차르트. 이 비범한 천재의 멜로디를 내게 가르쳐 준 최초의 스승은 엄마였다.

도형이는 모차르트의 발자취를 따라가 보는 일정을 정말 열심히 계획했다. 우리는 잘츠부르크에 도착해 모차르트의 생가를 둘러보았다. 모차르트가 남긴 악보 등을 보러 간 것이다. 하지만 엄마가 제일 좋아했던 곳은 초콜릿 가게였다. 모차르트 얼굴이 그려진 귀여운 초콜릿에 흠뻑 빠진 엄마는 "맛있구나야, 너무너무 맛있구나야."를 연발하며 많이 사 달라고 졸랐다. 모차르트가 그려진 연필과 지우개도 골랐다. 아, 엄마는 이제 어린

아이였다. 모차르트 생가에는 조금도 관심이 없었다. 이 와중에 우리가 생각지도 못한 일이 벌어졌다.

비엔나에 위치한 미라벨정원에 갔을 때였다. 정원에 도착하자마자 영화 〈사운드 오브 뮤직〉의 〈도레미 송〉이 흘러나왔다. 엄마는 "어? 나 이 노래 아는데!" 하면서 흘러나오는 노래를 신나게 같이 불렀다. 아버지의 이야기로는 엄마가 이 영화를 너무 좋아해서 열 번 이상 본 것 같다고 했다.
"둘이서 여기서 결혼식도 했는데."
엄마는 영화 스토리를 다 기억하고 있었다. 참으로 신기했다. 인간의 뇌를 꺼내 보면 마치 두부와 같다고 의사들이 그러던데…. 이 두부와 같은 뇌 속엔 얼마나 많은 기억들이 저장되어 있을까? 노래 하나로 그때의 감정까지도 기억해 낸 엄마를 보면서 치매를 앓고 있다는 사실이 오히려 더 비현실적으로 느껴졌다.
엄마는 여든 살부터 아흔 살까지 10년 동안의 기억을 여전히 보물처럼 소중히 간직하고 있다. "우리 여행 갔을 때" 하면 엄마는 신나서 대답을 한다. 엄마의 '기억 여행'을 위해 모든 형제들이 경비를 마련해 주었기에 가능한 일이었다. 고마운 형제들이다.

♥

신(神)의 나라
터키

터키는 참으로 신기한 나라였다. 우리는 이스탄불에 머물렀는
데, 엄마는 그랜드 바자르 시장을 특히 좋아했다. 이곳은 지붕
이 있는 이스탄불 최대의 전통시장으로, 희귀한 물건이 많았다.
550년이나 되는 오래된 시장인데도 잘 보존되어 있었다. 엄마
는 너무 흥분해 거의 제정신이 아니었다. 하기야 나도 제정신이
아니었다.

골목 한쪽에는 사람들이 기도를 하고 절을 하고 있었다. 엄마는
그들을 보면서 이상하다고 고개를 갸웃거렸다.

"저 사람들 왜 이러니? 여기가 불교 나란가? 근데 왜 부처님이
없지? 참 이상하구나."

엄마에게 이 상황을 어떻게 설명해야 할지 몰라 나도 얼버무렸다.

"나도 몰라. 기도가 하고 싶은가 보지, 뭐."

"음, 참 착한 사람들이구나. 부처님이 없어도 저렇게 열심히 노
래까지 하면서 절도 하고 말이야."

우리는 터키 성소피아성당(술탄 아흐메트 모스크)으로 향했다.
어마어마한 규모의 이 아름다운 파란 모스크를 보기 위해 입구

에서부터 많은 사람이 줄을 서고 있었다. 드디어 우리 차례가 되어 안으로 들어가려고 하니, 신발을 벗어야 했다. 밑에는 고급 카펫이 깔려 있었다. 그런데 엄마가 갑자기 들어가기 싫다고 투정을 부렸다.

"야, 나는 이 발 냄새 때문에 못 들어가겠구나야. 이거 못 살겠구나. 이거 보통 발 냄새가 아니구나."

사실 나도 발 냄새가 나긴 했다. 도형이는 여기까지 왔는데 안에 들어가서 봐야지 무슨 소리냐고 했다. 아버지는 아무 냄새가 안 난다고 했다. 엄마가 안에 들어갔는지 확실히 기억은 안 나지만, 그랜드 바자르 전통시장만큼 즐기지는 못했다.

하기야 발 구린내가 요동을 치는데, 신(神)이고 자시고 치매 환자한테 무슨 상관이겠는가. 샤넬 No.5를 좋아하는 여성에게 말이다.

♥

너무나 고마운
휠체어

우리 집 현관에는 항상 파란색 휠체어와 빨간색 휠체어가 놓여 있다. 이 휠체어는 이제 우리 가족 같다. 지난 10년, 세계 방방곡곡에서 엄마와 아버지의 다리가 되어 주었다. 하지만 휠체어

가 있다고 모든 문제가 해결되는 것은 절대 아니다. 노약자가 타고 있는 휠체어를 미는 것은 매우 위험하고 어려운 일이며, 그야말로 중노동이다.

초창기 2~3년 동안 나와 도형이는 매일 밤 "아이고, 아이고!"를 외치며 진통제를 달고 살았다. 특히 언덕이나 내리막길을 가는 것은 고역이다. 또 유럽은 대부분 고대 도시여서 길이 모자이크 형식의 돌바닥이다. 이런 길 역시 휠체어 밀기가 엄청 힘들다. 나는 여행을 갔다 오면 파김치가 되어 2~3일은 몸살이 났다. 휠체어를 미는 것보다 피아노 연주가 훨씬 쉬울 지경이었다.

나는 너무 힘들어 "이제 그만 다니자."고 했지만, 도형이는 별말을 하지 않았다. "익숙해질 거야."를 반복하면서…. 역시 의사는 독하다.

5장

엄마의
변화

♥
엄마의 가슴 아픈
첫 경험

지금도 그날을 생각하면 나는 가끔 눈물을 흘린다. 엄마는 여든 다섯 즈음부터 화장실에 가기 전에 실수를 하곤 했다. 요실금처럼 오줌이 그냥 나오는 것이었는데, 도형이와 나는 이제 기저귀를 찰 때가 됐다고 판단했다. 도형이는 "이숙이 그 자존심에 반항할걸…." 하면서 걱정했다.

하지만 나는 달랐다. 요새 성장이 빠른 초등학생 아이들도 자연스럽게 생리대를 하는데, 여든다섯 살이나 된 엄마가 기저귀를 차는 것은 당연한 일이라고 생각했다.

도형이는 인터넷으로 판매되고 있는 모든 기저귀를 검색하고 이것저것 구매한 뒤 본인이 직접 착용까지 해 보았다. 내 동생은 여러모로 참 세심한 남자다. 심지어 일본은 고령 국가이니 더 예쁘고 편한 기저귀가 있을 것 같다며 일본 제품들도 구매하기 시작했다.

어느 날 그중 몇 가지를 골라 엄마 앞에 진열해 보였다.

"이숙아! 이것 좀 봐. 요새는 기저귀도 너무 예쁘다."

순간, 엄마 얼굴이 일그러졌다. 나는 능청을 떨었다.

"글쎄, 말이야. 요즘 경선 언니하고 경진이가 갑자기 웃어도 오
줌이 나고, 재채기를 해도 오줌이 나온대."

내 말에 엄마는 피식 웃었다.

"걔네들은 왜 그러니?"

"그래서 요새는 빤스하고 기저귀하고 같이 쓰는 이런 패션이 나
왔대. 끝내주지? 나도 입어야 되겠다. 이건 명품 빤스네!"

내 말이 끝나자 엄마는 팬티를 슬쩍 만져 보기 시작했다.

"아, 잘 만들었지? 이거 비싼 거야. 아무나 입는 것 아니야. 이
숙이니까 산 거야. 이거 입으면 여행도 자주자주 가겠는걸!"

엄마는 점점 관심을 보이기 시작했다.

"이숙아, 빤스에 오줌을 싸면 구데기, 파리, 개미들이 이숙이 오
줌 먹으러 모여든대."

"나 구데기 너무너무 싫어."

엄마는 질겁을 하며 나를 바라보았다. 도형이와 나는 '휴우, 먹
혀 들어갔다.'며 안도의 한숨을 쉬었다.

처음 엄마에게 기저귀를 입히던 날, 팬티를 벗고 기저귀를 입어
보던 엄마의 그 모습을 난 아직도 잊을 수가 없다. 엄마는 기저
귀를 차고 오줌이 마렵다고 했다.

"이숙아, 시원하게 마음 푹 놓고 오줌 싸 봐. 기분 끝내줄걸!"

그러자 엄마는 드디어 시원하게 소변을 눴다.

"야, 좋구나야. 내가 사실 계속 오줌을 참았거든."

"오줌 참으면 죽어. 큰일 나!"

"그럼 이제 구데기도 없는 거이가?"

엄마는 안심하며 기저귀를 차기 시작했다.

"우리 이숙이 멋있다!"

뭐가 그렇게 기뻤는지 다 같이 엄마를 향해 박수를 쳤다. 나는 신앙인이 아니지만 그 순간 "하느님, 감사합니다."라고 진심으로 외쳤다.

♥

딱딱해진
엄마의 엉덩이

엄마는 점점 무릎이 약해지고 앉아 있는 시간이 많아졌다. 어느 날 엄마는 작은 소리로 내 귓가에 대고 뭐라고 뭐라고 속삭였다.

"이숙아, 왜? 크게 말해 봐. 왜 그래?"

"나 말이야, 궁뎅이 요기 요기가 아퍼."

"어디 보자, 어디 보자."

나는 엄마 엉덩이를 보는 순간 '아차!' 했다. 살결이 약한 엄마 엉덩이는 불그스름한 색깔로 변해 있었다. 살펴보니 엄마가 앉는 의자가 시원치 않았다. 얼마나 불편했을까? 난 도형이에게 전화를 걸어 상황을 설명했다. 그리고 앉기도 자기도 가능한, 편안한 의자로 당장 교체를 했다.

"바로 이거야! 이거 비행기 의자잖니, 내가 좋아하는 비행기 의자. 너무 좋구나!"

'비행기 의자, 맞다. 엄마가 평생 비행기를 얼마나 많이 탔는데, 비행기 의자가 더 익숙하지.' 나는 기뻐하는 엄마의 마음을 이해할 수 있었다.

도형이는 토실토실한 엄마의 하얀 엉덩이가 돌아올 때까지 매일매일 마사지를 했다. 한 달 정도 마사지를 하니 엄마의 엉덩이는 예전의 백설기 같은 살결로 돌아와 있었다.

♥

엄마의 버팀목,
아버지

우리 집 거실은 벽 가운데 큰 TV가 있고, 양쪽으로 엄마 아빠가 사용하는 의자가 놓여 있다. 둘이 사이좋게 앉아 있는 시간이 많은데, 하루는 엄마가 내게 귓속말을 했다.

"얘, 저기 옆에 앉아 있는 영감탱이는 나를 엄청 좋아하나 봐.

어쩜 하루 종일 움직이지도 않고 내 옆에 있는구나야. 저 영감은 자기 집이 없니?"

"왜? 이숙이, 저 영감님 마음에 안 들어? 자기 집에 가라고 할까?"

"아니야, 아니야. 불쌍하잖니. 자기 집이 없나 봐. 내비 둬. 내가 가만히 보니까 착한 사람 같아. 얼굴도 귀엽게 생기고, 눈이 제일 예쁜 것 같아. 근데 내가 아무리 좋아도 그렇지, 어떻게 매일 매일 내 옆에 있니? 참 이상한 영감이구나."

엄마의 말에 나는 크게 웃었다. 오늘도 엄마는 아버지가 누군지 모른다.

이런 일도 있었다. 거실에서 흥분한 엄마 목소리가 나서 놀라 나가 보니, 엄마가 아버지에게 화를 내고 있었다. 아버지는 아무 말 없이 엄마의 이야기를 듣고 있었다.

"이보세요! 아까부터 나한테 이 약을 먹으라고 하는데, 내가 댁이 누군지도 모르는데 왜 이 약을 먹겠냐 이 말입니다. 말 좀 하시라요. 영감님! 아니 선생! 선생님은 누굽니까? 아이고, 원답답해서 살 수가 있나. 말씀 좀 해 보시라 이 말입니다."

화가 난 엄마는 옆에 있는 물을 벌컥벌컥 마셨다. 이 상황을 보고 웃어야 할지 울어야 할지…. 죄 없는 아버지는 엄마가 화를 내든 말든 얼굴색 하나 변하지 않고 묵묵히 TV만 보고 있었다.

아버지는 강원도 고성군 강상면 상리 461에서 태어났다. 할머니
가 스물여섯 살, 아버지가 다섯 살 때, 할아버지가 돌아가셨다.
당시 30대 초반이던 할아버지는 동경 유학을 준비하고 있었다.
그러나 그 바람은 이루어지지 못했다. 유학을 떠나기 전 갑자기
심근경색으로 세상을 떠나신 것이다.

다행히 부유한 큰집에서 다 같이 모여 살았기에 생활에 큰 어려
움은 없었다. 누나가 있긴 해도 홀어머니 밑에서 외롭게 성장한
아버지는 어른이 되어 장가를 가면 아이들을 많이 낳아 좋은 아
빠가 되겠다는 꿈을 꾸었다.

마침 강원도의 한 초등학교로 발령받아 온 일본인 교사가 큰집
에서 하숙을 치게 되었다. 큰아버지는 하숙비를 안 받는 대신
아버지를 일본 사람보다 일본어를 더 잘하는 한국 사람으로 교
육시켜 달라고 부탁했다. 간단히 말해 그 시대에 일본어 조기교
육을 받은 셈이다. 덕분에 아버지는 내가 들어도 일본 사람이
감동할 만큼 일본 말을 유창하게 잘한다.

엄마는 당시 일본과 문화적 교류가 활발했던 평양 출신이다. 일
제강점기 때 교육을 받아 엄마도 일본어를 유창하게 구사했다.
게다가 엄마의 피아노 선생님 역시 독일에서 유학하고 한국에
들어온 지 얼마 안 되는 일본인 선생님이었다.

엄마는 피아니스트가 꿈이었고 아버지는 성악가가 꿈이었는데, 아버지는 성악가의 꿈을 접고 진해에 있는 육군대학에 진학하게 되었다.

엄마는 아버지가 성악가가 되지 못한 것을 늘 안타깝게 여겼다. 아버지 역시 피아니스트의 꿈을 접고 본인과 결혼해 홀어머니 밑에서 아이 다섯을 낳고 항상 병원 신세를 지던 엄마에게 늘 미안해했다. 그래서인지 아버지는 전화 한 대만 빼고 모든 재산을 엄마 명의로 돌려주었다. 자신은 아이들 다섯이 재산이라면서. 우리가 어릴 때 아버지는 "나에게는 너희가 재산이다."라는 말을 자주 하곤 했다.

아버지는 맛있는 음식이 있으면 제일 먼저 엄마부터 챙겼다. 할머니 역시 엄마가 몸도 약한데 애를 많이 낳아 몹쓸 병에 걸렸다면서 팔 걷어붙이고 집안일을 도맡아 했다.

할머니는 스물여섯에 과부가 되어 평생 어린 남매를 위해 살았다. 하지만 환갑도 못 치르고 세상을 떠나셨다.

나는 어릴 때 외할머니랑 같이 살아 친할머니에 대한 기억은 그리 많지 않지만, 아픈 엄마에게 하나라도 더 먹이려고 애쓰시던 모습이 생각난다. 엄마는 아플 때마다 미제 파인애플 깡통을 먹어야 기운을 차렸다. 아버지는 미군 부대에 출입하는 지인에게 부탁해 파인애플 깡통이 떨어지기 전에 반드시 구해 왔다.

어릴 적 우리 집은 여자들 떠드는 소리로 항상 시끄러웠다. 아버지와 도형이는 말이 없었고, 아버지는 언제나 허약한 엄마 곁을 지키고 있었다.

엄마가 치매에 걸린 후, 아버지는 엄마 옆을 지키는 날이 더욱 많아졌다. 그리고 자기 전에는 매일 엄마 손을 꼭 잡고 잔다. 그러면 엄마는 "옆에 있는 저 영감은 오늘도 내 손을 잡고 자는 구나!" 하며 낄낄 웃는다. 누군지도 모르는 영감이지만, 언제나 옆에 있는 눈이 예쁜 남자. 엄마는 아빠가 옆에 있는 것만으로도 든든한 것이다.

♥

나의 아버지
이수영

김종필 총재님을 마지막으로 뵈었을 때, 총재님은 "정치는 허업 (虛業)"이라 하면서, "정치한답시고 정작 보살펴야 할 가족들은 신경을 못 썼다. 그래서 내가 제일 부러운 사람이 너의 아버지 이수영이다."라고 했다.

자민련 창당 시부터 아버지의 도움을 많이 받았다 하시면서, DJP 연합이 대선에 승리한 뒤 아버지에게 "하고 싶은 것이 뭐냐?"고 물어봤더니 아버지가 벌컥 화를 냈다고 한다. 내가 우리 가족 돌보느라 얼마나 바쁘게 사는 줄 아냐면서. "집사람과 경미 해외 연주 가면 같이 가서 짐꾼 노릇 해야지, 음악회 끝나면 지휘자 밥 먹여야지, 또 내가 멋있게 입고 나타나야 경미 인기도 올라가지. 평소에는 우리 의사 아들 밥 챙겨야지, 시집간 딸들 잘 살고 있는지 챙겨야지. 내가 심심해서 총재님 옆에 있는 줄 아십니까?" 하면서 화를 내는데, 총재님은 마치 뒤통수를 맞은 것 같았다고 회상하셨다. 맞는 말이다. 아버지는 우리 집에서 제일 바쁜 사람이다.

아버지는 이화여대에서 피아노를 제일 잘 치는 엄마를 만났고, 엄마와 한 가지 약속을 하고 결혼에 골인할 수 있었다. 그 약속은 엄마를 미국 유학도 보내 주고, 훌륭한 '피아니스트'가 되도록 적극 밀어준다는 것이었다. 하지만 결혼하자마자 줄줄이 딸 넷, 그리고 다섯째로 아들을 낳은 엄마는 신장결핵으로 오랜 기간을 병원에서 보냈다. 이후 엄마는 피아니스트의 꿈을 접어야 했다. 아버지는 엄마를 똑 닮은 나를 피아니스트로 성공시키기 위해 최선을 다했다. 이렇게나마 엄마의 소원을 이루게 해 주고 싶었던 것 같다.

아버지는 지금까지도 매해 엄마 생일에 선물할 진주 목걸이와

반지를 사기 위해 1년 동안 꼬박꼬박 적금을 붓는다.

엄마는 약속을 지키지 못한 아버지를 원망하지 않았다. 아버지가 엄마를 너무나 사랑한다는 것을 알고 있기 때문이 아니었을까? 아버지는 유난히 남다른 목소리를 갖고 있다. 고등학교 음악 선생님이 천 명에 한 명 나올까 말까 한 목소리니 반드시 성악가가 되라고 격려할 정도였다. 하지만 서울에 가서 성악을 공부하려면 큰돈이 필요했다. 아버지는 우선 군악대에 들어가 좋은 성악 선생님을 만나면 되겠다고 생각했다. 그러나 아버지는 오페라 가수가 될 운명은 아니었나 보다.

그 당시 엄마의 언니가 강원도 고성으로 시집을 왔다. 아버지는 휴가 때마다 할머니를 뵈러 고향으로 가곤 했는데, 그곳에서 큰이모를 알게 됐다. 큰이모는 서울대 사범대학에서 피아노를 전공한 인재였다. 두 분은 음악이라는 관심사가 같아 인연을 맺게 되었고, 큰이모는 잘생긴 이 청년에게 엄마를 소개시켜 주었다. 엄마의 집안은 대가족이다. 딸이 다섯인데, 노래 잘 부르고 미남인 중령 군인 아버지를 다들 너무 좋아했다. 특히 깐깐한 신여성인 외할머니가 제일 좋아했다. 전부 의대생인 집안에서 예술적 감수성이 풍부한 아버지는 단연 톱스타 대접을 받았다. 하지만 곧 6·25전쟁이 터지고 엄마와 아버지는 결혼하기까지

4~5년이 걸렸다고 한다. 6·25전쟁 중 아버지는 대포를 조립하고 쏘는 방법을 배우기 위해 미국 오클라호마의 포병 군사학교로 6개월 동안 훈련을 떠났다. 당시 우리나라에 대포를 잘 다루는 기술이 절실히 필요하던 때였다. 아버지가 포병 중령, 김종필 총재님이 보병 중령으로 포토베니보병학교로 건너가게 된 것이다. 두 중령은 같은 배를 타고 한국을 떠나 군사 기술을 배운 뒤, 같은 배로 한국에 돌아왔다.

솔직히 이 책을 쓰기 전까지 나는 아버지에 대해 자세히 몰랐다. 아버지는 언제나 우리들 뒷바라지며 매니저 노릇을 하느라 바빴다. 나는 우리 가족이 일본에 있을 때 아버지가 외교관인 줄 알았다. 하지만 김대중 납치 사건과 부마항쟁을 겪으며 아버지가 단순한 외교관이 아니라는 것을 알았다.

아버지 역시 평범한 군인에서 경찰로 이직하게 될 거라는 사실을 전혀 몰랐다. 진해에 있는 육군대학에 다니고 있던 아버지는 어느 날 총경으로 승진했다. 최고회의에서 27명을 발탁해 경찰대학에서 3개월간 훈련시킨 뒤 경찰 업무를 맡긴 것이다. 의도치 않게 경찰이 된 아버지의 운명도 참 평탄하지가 않았다.

아버지가 부마항쟁으로 공직에서 물러날 때, 그 깐깐한 일본의 NHK TV에서 한일 관계의 가교 역할을 한 전 이수영 주재관이

물러난 것은 안타까운 일이라고 평할 정도로 외교적 수완 역시
좋았다.

♥

멋쟁이
그 남자

아버지는 멋 부리는 것을 매우 좋아한다. 병원에 피 검사만 하러
가도 며칠 전부터 무슨 옷을 입을지 본인 스스로 코디하고 양말
색깔까지 신경 쓴다. 내가 "아버지가 연예인이야?" 하면서 뭐라
고 하면, 아버지는 "내가 멋있게 나타나야 사람들이 이도형 교수
아버지 참 멋있게 늙었다는 소리를 하지. 그래야 도형이도 신바
람이 나지." 하며 '자기 관리'에 열정을 보였다. 그럼 뭐하나. 집
에 오면 벗어 놓은 옷 그대로 의자에 걸려 있기 일쑤인데. 침실
옆 큰 안방이 아버지 드레스 룸인데, 연예인 드레스 룸보다 더
크다. 모자는 또 어찌나 많은지 모자 가게를 열어도 될 정도다.
아버지는 나이가 들면 들수록 옷에 대한 애착이 더 심해졌다. 4년
전 동경에서 연주가 있었을 때는 연주하는 계절이 5월이라 분홍
색 재킷을 입고 싶다고 경선 언니와 경진, 경신이에게 나 몰래 전
화를 걸었다. 셋 중 장난이 제일 심한 경진이가 꾀를 내었다.

"아버지! 내가 해결해 줄게."

"5월 중순이면 더우니 불란서 분홍색 린넨이 좋지. 근데 연주 날까지 찾을 수 있을까?"

"걱정 마. 내가 해결해 준다니까!"

며칠 후 경진이가 진짜로 분홍색 재킷을 집으로 가지고 왔다. 재킷 뒤에는 'Made in France'라고 라벨이 붙어 있었다.

알고 보니 이것은 경진이와 미국 워싱턴에 사는 경신이의 합동 작품이었다. 어려서부터 기가 막히게 머리가 잘 돌아갔던 경진이와 경신이는 '유니클로'에서 여름 신상으로 나온 분홍색 재킷을 사서 상표를 떼어 낸 뒤 다른 옷에 붙어 있던 'Made in France' 라벨을 감쪽같이 바꿔 붙인 거였다. 문제는 여기서 끝나지 않았다.

음악회 중간의 휴식 시간을 틈타 아버지 지인들이 "이 재킷은 어디서 샀나?"고 물은 것이다. 신이 난 아버지의 자랑이 시작되었다.

"우리 아이들이 여름에는 시원한 불란서 린넨이 좋다고 사 줬지. 얼마나 시원한지 몰라!"

아버지 친구들은 서로 만져 보며 "역시 마는 불란서 마가 최고지!" 하며 맞장구를 쳤다. 그러자 재일 교포로 무척 부자이신 한창우 회장님이 씩씩거리면서 "나는 헛살았어! 내 나이 아흔 살까지 불란서 분홍색 린넨 재킷도 못 입고 죽게 생겼어."라며 내게 농담 반 진담 반으로 말했다.

"아저씨! 아저씨도 분홍색 입으시면 너무 잘 어울릴 것 같아요. 사 드려요?"

"이 나이에 분홍색 입고 돌아다녀 봐, 저 영감 노망났다 그러지. 분홍색 입을 자신이 없는 거야. 너희 아버지니까 입고 싶은 색깔 다 입지. 저번에는 보통 안경이었는데 밖에 나가니까 선글라스처럼 안경알이 검정색으로 변하더라고. 그것도 멋있었어. 돈 있으면 뭐하니? 입고 싶은 옷도 못 입는데."

연주회가 끝난 뒤 한 회장님께 전화를 드리니 우울증에 걸렸다고 했다.

"내 옷장을 열어 보니 온통 남색 양복하고 장례식 때 입을 검정양복밖에 없더라. 역시 헛살았어. 난 그 어느 때보다 분홍색 재킷이 입고 싶단 말이야."

남자들은 단순하다. 분홍색 재킷이 입고 싶어 우울증까지 걸리다니…. 그 이후부터 나는 아버지의 멋 부리기에 좀 관대하려고 노력하고 있다.

그래도 코로나19 때문에 밖에 못 나가 답답한 것은 충분히 이해하지만, 조르지오 아르마니의 신상품 선글라스를 방 안에서 끼고 있는 건 좀 아니지 않나? 아, 정말 패션에 살고 패션에 죽는 이수영답다.

또 한 가지, 아버지는 딸 바보다. 아버지가 제일 싫어하는 것은 여드름이다. 우리가 사춘기였을 무렵 다섯 형제는 모두 얼굴 여기저기 여드름이 많았다. 부탁도 안 했는데 아버지는 일본 출장에 다녀오면서 여드름약 5개를 사 왔다.

"엄마 피부를 봐라. 화장도 안 하는데 피부가 저렇게 곱지 않니? 여드름은 세수를 깨끗이 해야 해. 그리고 건조하면 절대 안 되니까, 피부 보습에도 신경을 써야 해."

당시 일본에는 중고등학생이 보는 〈논노〉라는 패션 잡지가 있었다. 아버지는 매년 이 잡지를 구독해 우리가 볼 수 있도록 했다. 아버지에게 공부하라는 잔소리는 안 들어 봤지만, 잠을 많이 자야 피부가 좋아진다는 말은 수없이 들었다. 이 때문에 우리의 취침 시간은 10시였다. 형제 중 나만 피아노 악보를 암기해야 했기에 조금 늦게 잔 기억이 있다.

아버지는 딸 많은 집이라도 한 명 정도는 외모가 뒤처지는 아이가 있는데 우리 집 딸들은 얼굴마저 다 예쁘다며 그야말로 딸 바보 면모를 드러냈다.

첫째인 경선 언니를 시집보낼 때는 대단했다. 하루에도 몇 번이나 배가 아프다고 화장실에 앉아 있다가 두 눈이 퉁퉁 부어 나오곤 했다. 엄마는 마음은 슬퍼도 내색을 안 하려고 노력하는데, 아버지는 "내 배 째라!" 식으로 막무가내였다.

딸 목소리가 너무 듣고 싶어서, 시부모 모시고 사는 딸네 집에 얼굴에 철판 깔고 전화를 하곤 했다. 보통 아버지는 "시어머니 말 잘 듣고 잘 살아야 한다."라고 하는데 우리 아버지는 "살다가 이건 아니다 싶으면 당장 돌아와."라고 했다.

아버지는 드라마 보는 것 또한 참 좋아한다. 특히 시집간 며느리를 미워하는 시어머니가 나오는 드라마는 하나도 빠짐없이 본다. 너무 몰두해서 그런지 구박하는 시어머니 역을 하는 배우까지 미워했다. "자기 아들만 귀하고 남의 딸은 뭐 노비인 줄 알아?"라면서 방송국에 전화해 항의를 한 적도 있다.

게다가 시집간 딸들이 생각나면 시댁 식구 눈치 안 보고 경선 언니, 경진, 경신에게 전화해 수다를 떨었다. 전화는 아버지 명의로 되어 있으니 이제 그만하시라고 할 수도 없고…. 내가 부엌에 가면 그 틈을 타 작은 소리로 내 뒷담화까지 한다.

"경미한테 또 한 방 맞았지."

"어머, 근데 경미 언니는 이유 없이 화를 안 내는데. 아빠, 혹시 경미 언니 화장실에 소변 방울 떨어뜨렸어? 그것도 오렌지 색깔, 물도 안 내리고 말이야. 경미 언니 화장실에서 오줌 또 쌌지? 아빠, 경미 언니 진짜 화나면 어떻게 되는지 알지? 아빠 화

장실 안 가고 왜 남의 화장실에 원정까지 가서 신경 건드리냐

고. 이것이 도대체 몇 번째야?"

"몰라 몰라. 그래도 경미는 성격 좋고 뒤끝이 없어서 내일이면

맛있는 거 해 줄 거야."

아버지가 내 화장실을 쓰는 일로 한때 스트레스가 이만저만이

아니었다. 내가 작은 트렁크를 가지고 와 이수영 때문에 집을

나가겠다는 시늉을 하면 엄마는 눈치를 보며 내 편을 들었다.

"저 영감, 너무나 말을 안 들어서 싫어. 이제 나는 러시아 내 집

으로 갈 거야. 영감 화장실도 있는데 꼭 내 화장실에 와서 실례

를 하고 말이야. 그래서 내가 지금 신경질이 나는 거야. 이숙이

는 어떻게 생각해?"

"그러면 안 되지. 바보지."

"자기 집으로 가라고 할까?"

"저 영감 내 옆에, 이숙이 옆으로 오라고 해."

아버지가 옆에 오니 엄마가 아버지 얼굴을 째려보며 팔뚝을 세

게 꼬집었다.

"내 딸이 없어지면 나는 어떻게 해?"

엄마는 내게 "나 너무 잘했지? 이제 안 그럴 거야. 그니까 나랑

같이 살아." 하면서 울상을 지었다.

"어! 무지무지 잘했어. 이숙이 최고야!"

엄마는 신나서 말했다.

"다음에 이수영이가 또 이경미 화장실에 오줌 싸면 나한테 꼭 말해 줘! 꼭이다! 내가 또 꼬집어 줄게."

♥
부모님의
남다른 교육 방식

우리 형제들은 각 분야에서 두각을 나타내며 활동하고 있다. 그러다 보니 주변 사람들은 부모님의 교육 방식에 적잖이 관심을 보였다. 우리가 각자의 몫을 잘 해낼 수 있었던 건 몸이 약한 엄마 덕분이었다. 수시로 병원을 오가는 엄마를 보며 '어떻게 해야 엄마가 좋아할까?' 항상 이런 생각을 했던 것 같다.

엄마는 자주 아팠다. 형제들은 그림을 그려 선물하기도 하고, 엄마를 기쁘게 하기 위해 노래도 자주 불렀다.

엄마는 본인이 건강하지 못했기 때문에 자식들은 씩씩하게 자라기를 바랐다. "엄마는 장난꾸러기도 좋아. 밥 많이 먹고 씩씩하면 돼. 여자라고 남자들한테 지면 안 되는 거야."

엄마는 넷이나 되는 딸들에게 '강한 여자'가 되라고 했다.

경진이와 경신이는 장난꾸러기였다. 우리 모두 동경한국학교를 다녔는데, 특히 경진이는 '장미 그룹'의 두목이었다. 장미 그룹은 공부도 잘하고 힘도 센 여자아이들이 모여 만든 그룹이었다. 잘난 척하는 남자아이들을 무릎 꿇게 하고 충성 서약까지 받는 등 유별난 짓을 일삼았다. 덕택에 엄마는 자주 학교에 불려 다녔다. 얻어맞은 아이의 부모가 학교에 항의를 했기 때문이다.

나는 엄마가 학교에 올 때면 예쁘고 우아한 엄마의 모습을 친구들에게 자랑하기 바빴다. 다행히 경진이는 싸움 못지않게 공부를 잘해서 선생님들께 큰 꾸중을 듣지는 않았다. "앞으로는 주의해라."라는 정도에서 일이 마무리되고는 했다.

엄마도 경진이를 크게 혼내지 않았다. 오히려 경진이를 감싸 주었다.

"상대가 잘못했다고 해도 너무 때리지는 마. 하지만 엄마는 네가 싸워서 지고 오는 건 더 싫어."

우리는 어린 시절을 일본에서 오래 지냈기 때문에 귀국 후 한국말이 많이 부족했다. 당연히 성적도 떨어졌다. 모두 1등만 하다가 성적이 떨어지니 조금 기가 죽었다. 엄마는 그런 우리에게 사람은 한 가지만 잘하면 된다고 했다.

경선 언니는 공부, 나는 피아노, 경진이는 첼로, 경신이는 바이올린, 도형이도 공부, 이렇게 각자의 적성에 맞게 진로를 정해 주었다. 그러면서 공부로 스트레스를 받지 말라고 했다.

"성적표에 빨간색만 없어도 엄마는 기뻐."

엄마는 그랬다. 언제나 우리의 건강이 우선이었다. 경선 언니와 도형이는 원래 머리가 좋았다. 하지만 나와 경진, 경신이는 공부보다 다른 곳에 소질이 있었다. 우리는 예술 분야에서 두각을 나타냈다. 다섯 명이나 되는 자식들의 개성을 모두 알아보고 적절하게 코치해 준 엄마 덕분에 행복하고 건강한 어린 시절을 보낼 수 있었다.

"장난꾸러기라도 좋아. 공부를 못해도 좋아. 건강하고 씩씩하면 돼!"

이것이 고액 과외보다 더 값진, 부모님의 남다른 교육 방식이었다.

♥

전봇대 사건

동교동에 살던 때 엄마는 작은 마당에 소나무, 라일락, 아카시아 등 다양한 나무들을 키웠다. 담벼락에는 능소화가 늘어져 있었다. 밖에서 보이는 우리 집은 꽃이 가득하고 라일락 향기가 일품인 아름다운 집이었다.

그런데 문제가 있었다. 집 앞 모퉁이에 전봇대가 있었는데, 누군가 몰래 오줌을 싸고 가는 거였다. 냄새에 예민한 엄마는 외출 후 집으로 돌아올 때마다 그 오줌 냄새 때문에 짜증을 내곤 했다. 나 또한 엄마를 닮아 냄새에 민감했다. 엄마와 나는 꽃으로 치장한 집 앞에 누가 오줌을 싸는지 잡아야겠다고 생각했다. "엄마, 범인이 오줌을 싸고 있을 때 덮쳐야 하는 거야. 우선 범인이 몇 명인지, 몇 시에 오는지 우리는 미리 집 앞 모퉁이에 잠복해 있다가 알아내야 해. TV에 나오는 수사 반장처럼 말이야." 그 시절 나에게는 탐정의 피가 들끓고 있었다. 엄마와 내가 며칠째 잠복근무를 하던 중, 드디어 한 남자가 전봇대 앞에서 오줌을 누려던 것을 목격했다. 해가 떨어지고 저녁 7시쯤 되는 시간이었다. 그 남자는 아주 자연스럽게 바지 지퍼를 내리고 오줌을 싸기 시작했다.

"이때다!"

엄마와 나는 빗자루와 잔디 깎기 가위를 들고 달려 나갔다.

"이노무 새끼, 어디다 오줌을 싸?"

엄마는 빗자루로 그 남자의 '거시기'를 마구마구 때렸다. 그러자 나도 덩달아 잔디 깎는 가위를 들고 외쳤다.

"엄마, 내가 잘라 버리겠어!"

남자는 "아이고, 이게 웬 날벼락이야!" 하며 질겁해서 도망치려 했지만 바지가 발목까지 내려와 뛰지도 못하고 "아이고, 아이고"를 반복하며 주저앉았다. 신기한 것은 그 와중에도 남자는 오줌을 질질 싸고 있었다는 것이다. 그 광경을 보고 길 가던 사람들이 하나둘씩 모여들기 시작했다.

나는 "이 사람이 전봇대에 오줌을 싸서 혼내 주는 거예요!" 하고 일부러 큰 소리로 외쳤다. 전쟁터에서 승리를 거둔 것마냥 통쾌한 순간이었다.

가끔 엄마가 정신이 돌아오면 그 시절 이야기를 꺼낸다.

"옛날에 동교동 우리 집 앞 전봇대에 오줌 싸던 남자 잡아서 때린 거, 생각나?"

이 말을 꺼내면 엄마는 깔깔거리며 웃는다.

"내가 빗자루로 많이 때렸지. 생각나, 생각나!"

아, 엄마의 기억에도 남아 있구나. 하기야 엄마와 딸이 남자의 '거시기'를 수도 없이 때렸으니, 인상적이기도 퍽 인상적인 광경이긴 했다.

♥
피바다

엄마는 혈압약과 항생제, 진통제, 또 젊었을 때는 신장, 결핵약
을 하루에 30알 정도 먹은 적도 있다. 이렇듯 건강이 약했는데
도 다섯 명이나 되는 아이들을 키워 내다니 '엄마'라는 존재는
정말 대단한 것 같다.

어느 날 새벽, 아버지가 큰 소리로 우리를 불렀다. 바로 달려가
보니 방바닥이 온통 피바다였다. 엄마는 계속해서 피를 토하고
있었다.

"위가 터졌어!"

엄마의 상태를 보자마자 도형이는 병원 의사들에게 전화를 걸
기 시작했다. 아침 6시쯤이었던 것 같다. 나는 엄마를 껴안고
안심시켜 주기에 바빴다.

"이숙이가 토마토 주스를 많이 마셨나? 괜찮아, 병원 가면 돼."

"나 죽는 거 아이가? 무서워."

엄마는 창백한 얼굴로 내 손을 꼭 잡았다.

"아이고 오마니, 안 죽씀메다. 오마니 죽으면 나도 같이 죽는다
이 말입니다. 아시겠습니까?"

"정말?"

"그럼 도형이가 살려 줄 거야."

엄마 옷도 내 옷도 따뜻하고 물컹물컹한 피로 범벅이 되어 있었다. 엄마는 그날, 몸 안의 3분의 1 정도의 피를 토해 냈다. 병원에 도착하자마자 구멍 난 위를 레이저로 치료하고 수혈을 받았다.

"이 피는 누구 꺼이가?"

"아주 젊고, 씩씩한 피니까 이숙이도 덩달아 씩씩해지는 거지. 한마디로 건강한 피야!"

나는 겁이 별로 없는데 엄마가 피를 토하는 그 모습은 지금 생각해도 아찔하다. 당시 나는 엄마를 안심시키는 것이 최우선이라고 생각했다.

점점 나이가 들면서 생각지도 못했던 사건들이 순식간에 벌어진다. 언제나 해결사는 막내 '이도형'이다. 도형이의 빠른 조치 덕분에 엄마는 무사히 집으로 돌아올 수 있었다.

♥

난 똥이 싫어

무릎이 점점 약해지자 엄마는 앉아 있는 시간이 많아졌고, 자주 변비에 시달렸다. 하기야 자식을 다섯이나 낳았는데 무릎이 성할 리 있을까? 3일이 지나고 4일이 지나도 똥은 나오지 않았다.

할 수 없이 설사약을 먹였는데 사건이 터졌다.

아침에 "도형아! 경미야!"를 외치는 아버지의 소리에 깜짝 놀라 안방으로 뛰어가니 엄마가 하얗게 질린 얼굴을 하고 있었다.

"똥이 자꾸자꾸 나와."

겁에 질린 듯 엄마는 어쩔 줄을 몰라 했다.

"이 냄새는 뭐이가?"

엄마가 똥 묻은 손으로 이마의 땀을 닦으니 이마에도 똥이 묻었다. 도형이와 나는 얼른 엄마를 안아 주며 괜찮다고 달랬다.

"아이고, 이숙아. 드디어 똥이 나오는구나! 축하해! 똥이 안 나오면 죽는 거야. 우리 이숙이 최고다."

나는 얼른 신문지를 깔고 엄마를 계속 격려했다.

"우리 이숙이 시원하게 똥 좀 싸자."

"자꾸 똥똥 하지 마. 난 똥이 싫어."

"왜 똥이 싫어? 똥을 많이 안 싸면 구더기들이 이숙이 입에서도 코에서도 막 나온다. 우리 이숙이 똥꼬에 힘을 줘 봐! 아이고 이제 설사가 아니라 복스러운 똥이 잘 나오네. 이숙이 멋있다! 어쩜 똥도 이렇게 멋있게 싸냐. 똥 많이 싸서 살 빼고, 또 이탈리아 가서 예쁜 옷 사야지. 안 그래?"

"내가 지금 잘하고 있는 거이가?"

"그럼, 그럼, 똥 못 싸는 사람이 얼마나 많은데. 똥 많이 싸면 살도 빠져. 우리 이숙이 배가 쏙 들어갔네."

"그런가? 난 잘 모르겠어. 난 바보인가 봐."

"아니야. 이숙이는 천재야!"

엄마 눈가에는 눈물이 고여 있었다. "미안해, 고마워."를 몇 번이나 말하고 있었다.

♥

내 생애
가장 슬픈 날

엄마가 여든다섯 살이 된 후부터, 주변에서는 나라에서 지원하는 요양보호사의 도움을 받으라고 조언을 계속했다. 한 달에 50만원 씩 보조금도 나오니 그것도 활용하라고 했다. 우리가 낸 세금으로 혜택을 받는 것이니 망설일 필요가 없다고. 맞는 말이다. 하지만 도형이나 나나 그리 쉽게 결정을 내리지 못했다. 우선 엄마는 낯을 많이 가렸고, 성격이 무척 예민하다. 그래서 모르는 사람이 본인의 몸에 손을 대는 것을 극도로 싫어할 것이다. 우리 역시 남의 손에 엄마를 맡기는 것이 편치 않았다. 낯선이가 엄마의 기저귀를 갈고 하면 엄마가 너무 힘들어할 것이 불 보듯 뻔했다. 이맘때쯤 도형이의 허리 통증이 시작되었다. 나 역시 유방암 완치 판결은 받았어도 체력의 한계를 느꼈다. 어쩔 수 없이 요양보호사의 도움이 절실했다. 하지만 엄마 상황에 맞는 요양보호사를 찾기는 쉬운 일이 아니었다.

까다로운 성격과 걷기 어려울 정도로 체중이 많이 나가는 엄마를 일으키고 앉힐 만큼 힘이 센 사람을 만나기는 어려웠다. 물론 나와 도형이가 번갈아 같이 도와주었지만, 엄마는 마음에 안 드는 사람에게는 침을 뱉거나 꼬집는 경우도 있었다.

그러던 2020년 가을, 창원에서 열릴 연주를 준비하고 있는데 엄마가 안방에서 또 설사를 했다. 피아노 연습을 하다 말고 분홍색 고무장갑을 끼고 똥을 치우고 거실로 나왔는데, 이번에는 아흔세 살의 아버지가 "미안하지만 물 좀 갖다 줄래?" 하는 것이다.

"아니, 아무리 아흔세 살이라도 사지가 멀쩡한데 물 정도는 본인이 갖다 먹어야지."

나는 열이 오를 대로 올라 아버지에게 화를 냈다. 자식이 이렇게 많은데 왜 도형이하고 나만 이 개고생을 하느냐, 시집 장가도 못 간 우리가 불쌍하지도 않냐는 둥 너무 분하고 원통해서 언젠가 목욕탕에서 만난 그 아주머니처럼 신세 한탄을 했다.

그 상황에서는 이성적일 수가 없었다. 아버지는 아무 말도 하지 않았다. 나는 형제 카톡방을 열고 "왜 나랑 도형이만 이렇게 살아야 하는지 억울하다."는 투정을 보냈다.

다들 난리가 났다. 그 와중에 도형이가 심근경색으로 시술을 받아 입원했다는 전화를 받았다. 정말 하늘이 무너져 내리는 기분이었다. 세상에서 제일 사랑하는 내 남동생이 하필….

나는 도형이가 집에 오는 것을 보고 부모님을 언니와 동생에게 맡긴 뒤, 연주복을 싸 들고 창원으로 내려가 베토벤 소나타를 연주해야만 했다. 이날 나는 이제 피아노 연주는 접어야겠다고 결심했다. 이렇게 집안이 아수라장인데 무슨 연주란 말인가.

내 인생이 야속하고, 도형이가 불쌍하고, 별의별 생각이 내 머릿속을 어지럽게 만들었다. 연주를 끝내고 서울로 올라오니 경진이가 엄마하고 같은 성인 해주 오씨인 요양보호사를 데리고 왔다. 눈이 동그랗고 예쁜 분이었다. 게다가 본인 언니를 직접 간호하기 위해 자격증을 따고 요양병원에서 2년 동안 간호한 아름다운 경험이 있는 사람이었다. 이제는 엄마도 정이 들어서 그런지 둘이서 친하게 지낸다. 간병인 언니는 월요일부터 금요일, 9시 30분부터 3시까지 우리를 도와준다.

도형이는 심장이 보통 사람의 30%만 활동이 가능해 언제나 조심해야 한다. 나는 살면서 살림이라는 분야에는 도통 관심이 없었는데, 내 동생을 위해 요리든 뭐든 좀 배워야겠다는 생각이 들었다. 결국 나는 32년 동안 재직한 경남대학교를 명예퇴직하고, 도형이를 도와 좀 더 집안일에 신경을 쓰기로 했다.

♥
마지막 위기

도형이가 심근경색으로 쓰러진 후 나에게 '마지막 위기'가 찾아
왔다. 이 시기에는 처방받은 우울증약을 두 배로 먹었다. 하루
종일 엄마 곁을 지키고 있는 아버지의 모습조차 큰 바위같이 무
겁게 느껴졌다.

내 화장실에서 볼일을 보는 아버지가 너무 싫었다. 약간의 당뇨
가 있는 아버지는 오렌지 색깔의 오줌 몇 방울을 꼭 바닥에 떨어
뜨렸다. 상남자라고 불리는 최민수도 앉아서 볼일을 본다는데
왜 굳이 내 화장실까지 와서 흔적을 남기고 가는지 도무지 이해
가 가지 않았다. 나는 하루 종일 혈압이 올랐다. 그리고 식탁에
있는 죄 없는 과자들만 닥치는 대로 먹어 살만 쪄 가고 있었다.

도형이는 날이 갈수록 허약해져 살이 10kg이나 빠졌다. 그 와
중에 생방송 섭외가 많아 자주 방송에 나갔는데, 살이 빠지니
화면에는 훨씬 젊게 나왔다. 사람들은 도형이가 아파서 살이 빠
진 줄은 모르고, 젊어 보이고 너무 멋있다고들 했다. 도형이는
자신 몸도 아프면서 엄마 돌보기에는 여전히 지극정성이었다.

변함없이 아버지도 끔찍하게 챙겼다.

나만 이 상황을 견디지 못하고 갱년기와 우울증에 시달리면서 하루하루를 보내고 있었다. 모든 것이 못마땅했다.

그렇게 우울한 나날을 보내고 있는데, 어느 날 TV에서 반려동물들과 생활하는 사람들의 모습이 나왔다. 각종 액세서리와 옷, 음식, 병원, 호텔, 미장원 등 인간보다 더 나은 삶을 누리는 동물들을 보니 입이 딱 벌어졌다. 자신의 반려견에게 아낌없는 사랑을 주는 사람들의 모습이 그저 놀랍기만 했다.

의사들은 우울증을 앓는 사람들에게 강아지를 키워 보라고 권유한다. 그때마다 나는 속으로 '엄마 돌보는 것도 힘든데, 무슨 강아지까지 키우라는 거야.' 하면서 무시했다.

어느 날은 〈금쪽같은 내 새끼〉라는 프로그램을 보게 되었다. 이 프로에는 주로 말을 잘 안 듣는 아이들이 나온다. 만약 내가 결혼해서 낳은 내 아이가 저런다면 어떨까 자연스럽게 생각하게 되었다. TV를 보다 보니 그 부모의 힘듦과 내 힘듦이 크게 다르지 않게 느껴졌다. 어떻게 보면 내가 더 나아 보였다. 엄마는 착한 치매였으니까. 그날 이후 나는 마음을 비우기로 했다. '엄마는 내 딸, 아버지는 내 아들이라고 생각하자!' 이렇게 생각하니, 마음이 훨씬 밝아졌다.

그리고 그날부터 나와 도형이는 아버지와 엄마를 "수영아!",

"이숙아!" 하고 부르기 시작했다. 우리는 약속했다. 최선을 다해 부모님을 모시고 장례식장에서는 울지 말자고.

"두 양반, 이 세상 마음껏 잘 살았수다! 브라보! 만세!"

내 부모님의 장례식은 '슬픈 장례식'이 아닌 '기쁜 장례식'이 될 것이다.

♥

엄마의 하루 일지

9:00 / 나는 "이숙아, 이숙아. 굿모닝! 잘 잤쩌?" 하고 엄마를 깨운 뒤 꼭 안아 준다.

9:30 / 오씨 언니(요양보호사)가 "엄마, 엄마! 동생 왔어! 동생 보고 싶었어?" 하면서 들어온다. 오씨 언니는 엄마에게 따뜻한 물을 건네며 이런저런 이야기를 시킨다.

10:00 / 나와 언니가 엄마를 일으켜 세워 화장실 변기에 앉힌다. 오씨 언니는 언니가 만든 자작곡을 부르며, 엄마의 하루 시작인 똥이 나오기까지 온갖 재롱을 부린다. 그리고 샤워가 시작된다. 샤워하는 중 엄마는 기분이 좋으면 노래도 따라 한다. 엄마는

엄마의 자장가

아주 착한 치매라 샤워가 끝나면 꼭 "고마워."라는 인사를 잊지
않는다.

나는 그동안 엄마 아침 식사를 준비한다. 각종 과일을 놓고, 늙
은 호박을 쪄서 호두와 으깨어 만든 건강식과 빵을 식탁 위에
차려 주면 엄마는 "와, 예쁘다." 하고 박수를 치며 기뻐한다. 본
인이 사랑받고 있고, 대접받고 있다는 것을 느끼는 것이다.

10:30 / 오씨 언니는 엄마에게 아주 천천히 아침을 먹이면서 소
꿉장난하듯 계속 말을 걸고, 엄마도 계속 대화를 이어간다.

식사 시간은 제일 중요하다. 보통 요양원에서의 식사 시간은
30분이다. 하지만 치매 환자들은 동작이 느리다. 특히 먹는 동
작이 느리다. 앞에도 썼듯이 음식을 씹을 때 잇몸과 턱관절이
뇌를 자극하기 때문에 식사 시간은 길수록 좋다.

오씨 언니가 엄마 식사를 도와줄 때, 나는 자동 물걸레 청소기
로 청소를 시작한다. 그리고 점심 먹을 요리도 준비한다. 전에
는 요리가 엉망이었는데, 피아노 연습과 똑같이 하루하루 조금
씩 발전하는 것 같다.

엄마는 샤워하고 노래하고 아침 먹고 이야기까지 하고 나면 식
곤증이 밀려와 휴식을 취한다. 거실 TV 앞에 있는 의자로 이동
후 30분 정도 잠이 든다. 아버지는 바로 옆 의자에서 TV를 보며

엄마를 지킨다. 이때 나는 점심 약속 외출을 하거나, 피아노 연습을 하는 등 내 볼일을 본다. 오씨 언니는 점심까지 엄마와 함께하고 3시쯤 퇴근한다.

4:00 / 엄마의 간식을 간단하게 준비한다. 간식도 가슴 설레도록 매일매일 다르게 앙증맞은 모양으로 고른다. 간식 역시 양이 많으면 살이 찌기 때문에 조금씩 예쁘게 준비해서 눈으로 보는 즐거움을 더 느낄 수 있도록 한다.

5:00 / 도형이가 "이숙아, 나 왔어! 이숙이 보고 싶어서 뛰어 왔어." 하고 엄마를 안아 준다.
"어디 갔다 지금 왔어?"
"병원에서 환자 보고 왔지. 아침부터 어찌나 환자가 많은지 죽을 뻔했어."
"오, 그랬어? 그랬구나. 너는 의사 선생님이라고 했나?"
"어, 이숙아. 난 안과 의사야. 우리 이숙이 화장실 가서 기저귀 갈고 시원하게 궁둥이 깨끗하게 닦아 줄게. 가자!"
"그래, 가자!"
도형이와 나는 함께 엄마를 부축해 화장실로 간 뒤 기저귀를 갈고 엉덩이를 씻기고 향기 나는 파우더를 발라 준다.

"아휴, 시원하다."

이 시간을 엄마는 참 좋아한다.

"우리 이숙이는 공주 팔자인가? 이렇게 예쁘게 궁둥이도 닦아 주고. 이숙이 공주야?"

매번 도형이가 장난스럽게 묻는다.

"어, 나는 아주 예쁜 공주야."

신이 난 엄마는 대답도 잘한다.

엄마와 도형이는 방 침대에 누워 TV를 켜고 클래식 음악을 들으며 2시간쯤 깔깔거리면서 이야기를 나눈다.

내가 저녁을 준비할 때도 있고, 요리 잘하는 도형이가 맡을 때도 있다. 저녁은 탄수화물은 안 먹고 대부분 단백질, 야채 위주로 천천히 먹는다.

요새는 즉석 죽도 다양하게 맛있게 나온다. 엄마는 얼마 전부터 다이어트를 하고 있기 때문에 100칼로리 정도로 가볍게 저녁 식사를 한다.

식사할 때 중요한 것은 '인내심'이다. 천천히 상대방에게 맞춰 밥을 먹이는 것은 보통 일이 아니다. 대화를 할 때는 상대의 눈을 쳐다보고 말을 해야 한다. 그래야 '신뢰감'이 생긴다.

엄마는 9시 전까지 주로 나와 수다를 떤다. 이때 엄마가 말을 많이 한다. 앞뒤가 안 맞는 말에도 나는 맞장구를 친다.

"정말? 우리 이숙이 좋았겠구나. 친구들을 그냥 보내지 말고, 사과 한 개씩 주지 그랬어?"

"그럼! 내가 누구야? 다 줬지."

"우리 이숙이 멋있다."

또는 내가 "나는 이숙이가 너무 좋아." 하면 "어머나! 나두 니가 너무나 좋은데?" 하고 내 손을 꼭 잡는다.

"진짜? 너무 신난다. 좋구나야. 우리 만세 한번 해 보자."

남들이 보기엔 정신 나간 내용이지만 엄마 생각과 기분을 맞추려고 한다. 이런 코미디 같은 대화를 하고 있으면 9시에 도형이가 "이숙아, 세수하고 이 닦고 자러 가자." 하고 방문을 두드린다.

<u>9:00</u> / 이숙이가 잠자는 시간이다.

"이숙이 굿나잇. 오늘 하루 어땠어?" 하고 물어보면 대부분 "너무 좋았어."라고 답한다.

"내일도 우리 재미나게 놀자. 내일 내가 또 굿모닝 하러 올게. 이숙이, 이수영 영감님 손잡고 자야지. 잘 자."

이것이 요약한 엄마의 하루 일지다.

♥

15년 동안 남매의
심경 변화

15년간 습득한 치매 환자 간호의 꿀팁을 기록해 보았다. 그동안
주변 지인이나 친척, 친구들에게 도움을 요청하는 전화들을 많
이 받았다. 나는 이 부분만큼은 자신 있게 말할 수 있다.

"치매로 기억은 사라지지만, 여전히 감정은 살아 있고
사랑하는 마음 또한 전혀 변하지 않았다."

이 책을 읽고 있는 독자들은 나와 도형이가 처한 상황과 자신
의 상황을 절대 비교해서는 안 된다. 앞에서도 이야기했듯 우리
는 미혼이고 더구나 도형이가 의사이기에 집에서 꾸준히 간호
할 수 있었다. 여기에 형제들의 지원과 도움도 컸다. 이런 상황
이 아니라면 전문 요양시설에 모시는 것도 현명한 방법이다. 치
매 환자와 가족 모두 안전하고 편안하게 생활할 수 있도록 최선
의 방법을 택해야 한다.
15년은 결코 짧은 시간이 아니다. 이 긴 시간 동안 아픈 사람을
돌보는 것은 절대 쉬운 일이 아니다. 엄마가 치매에 걸리고 5년

동안 나는 그 사실을 인정하기 어려웠다. 내 삶을 미워하고 자신을 괴롭혔다. 내게 왜 이런 일이 벌어졌는지 원망하는 마음으로 그 시간을 낭비했다. 그러다 유기견을 돌보고, 자신의 반려견에게 온 사랑을 퍼붓는 사람들을 보면서 스스로를 반성하기 시작했다. '동물에게도 저런 사랑을 주는데…. 내 엄마인데 더 잘해 줘야지.' 하고 마음을 바꿔 먹기 시작한 것이다.

요새 도형이와 나는 우리 '큰 아기' 육아에 푹 빠져 있다. 엄마를 돌보면서 내게 강한 모성애가 있다는 것을 알게 되었다. 진짜 애가 없어서 망정이지, 있었으면 지나친 사랑 때문에 유별나게 굴었을지도 모른다. 하늘도 이런 내 성정을 알았던 것일까?

여전히 집안일보다 피아노 연주가 훨씬 쉽지만, 동생 도형이를 위해서라면 무엇이든 도움이 되고 싶다. 동생은 누나와 부모님 곁에서 언제나 그림자 역할을 자처했다.

얼마 전 몸이 아파 괴로워하는 동생에게 뜬금없이 말했다.

"인생 별거 아니야. 우리보다 더 빨리 죽는 사람도 있어. 그런데 아프다, 아프다 하면서 너는 벽에 똥칠할 때까지 살 거야! 네가 죽으면 나도 '자유로운 새'가 될 거야. 같이 죽어 줄 테니 걱정 마."

작곡가 멘델스존은 누나인 화니 멘델스존이 심근경색으로 죽자, 1년 후 같은 심근경색으로 죽음을 맞이했다.

"도형아, 이 얼마나 아름다운 스토리니? 신문에 우리 기사가 대

서특필될 거라고."

도형이는 나를 미친년 보듯 멍하니 바라보고 있었다.

♥
이도형의
사랑이 담긴 대화법

도형이는 퇴근하고 집에 오면 엄마와 요란한 신고식을 한다.

"이숙아! 나 왔다. 이숙이 아들 이도형 왔다."

먹을 것 한 보따리를 엄마에게 내밀며 꼭 안아 준다. 엄마는 그런 아들에게 마음껏 어리광을 피운다.

도형이는 하루 종일 환자를 보느라 지칠 법도 한데, 엄마의 기저귀 갈기와 이 닦기를 먼저 시작한다.

"이숙이 궁둥이는 찹쌀떡처럼 포동포동하구나. 오줌도 복스럽게 잘 쌌구나!"

"내가 잘했어? 복스러운 거 좋은 거지?"

"그럼 그럼. 이숙이는 이도 잘 닦네. 혀도 닦아야지. 그래야 입 냄새가 안 나지. 이제 물로 우샤우샤, 퉤퉤. 그렇지! 이숙이 100점!"

"정말 100점이야?"

100점이란 소리에 기분이 좋아진 엄마는 한껏 애교를 부린다.

엄마와 도형이의 천진한 대화를 듣고 있으면 마음이 깨끗해지는 기분이다.

엄마와 아들은 침대에 누워 클래식 음악을 들으며 2시간가량 수다를 떤다. 요새는 조성진이 연주하는 쇼팽 피아노 협주곡을 자주 듣는다. 엄마가 이화여대에 다니던 시절 공부하던 곡이라 가끔은 멜로디를 따라 부르기도 한다.

대화는 주로 엄마가 혼자 이야기하고, 도형이는 추임새를 넣는다. "오, 그랬어? 그랬구나. 이숙이는 어떻게 다 알아? 그렇게 다 알면 친구들이 질투하지 않아? 이숙이는 이숙이가 예쁜 거 알고 있지? 이숙이는 부자지?"

도형이의 말에 엄마는 신나서 대답한다.

"난 사실 부자야. 내가 너무 이쁜데 그냥 가만히 있는 거야. 왜냐면 친구들이 잘난 척한다고 미워할지도 모르잖아."

옆방에서 이 글을 쓰는 동안, 나는 엄마와 도형이의 대화를 들으면서 2시간 내내 낄낄거리고 웃었다.

저녁 식사는 도형이와 내가 번갈아 준비하는데, 내가 차린 음식을 본 도형이가 얄밉게 참견을 하곤 한다.

"이것은 이름 모르는 요리인가?"

"만든 정성을 봐서 먹어 주지."

"메뉴를 계속 **뺑뺑이** 돌리는구나."

머리도 좋은데 요리까지 잘하는 동생을 두는 것도 참 피곤한 일이다. 저녁 식사 시간에도 역시 무슨 내용인지 알 수 없는 엄마의 수다가 시작된다. 그때마다 우리는 "그렇구나. 오모나? 이숙이는 어뜨케 알아?" 같은 말만 계속 되풀이한다.

식사 후 엄마는 거실에서 아버지와 같이 앉아 2시간가량 TV를 시청한다. 9시가 되면 도형이와 내가 똑같이 말한다.

"이숙아, 약 먹고, 이 닦고, 천식약 먹고, 자러 가자."

"하나, 둘, 셋! 영차! 가자! 군인처럼 씩씩하게 걸어라! 영차!"

엄마가 잠들기 전까지 도형이는 엄마의 친구가 되어 준다.

"이숙이는 아줌마야, 아가씨야?"

"당연히 아가씨지."

"오, 그렇구나! 그러면 이숙이는 아가씨야, 아가야?"

"근데 그게 왔다리 갔다리 한단 말이야?"

"괜찮아. 왔다리 갔다리도 좋은 거야."

"이숙아! 이도형이가 좋아, 이경미가 좋아?"

"이경미!"

"뭐라고! 이경미가 좋다고? 이도형이가 똥꼬도, 궁둥이도 닦아 줘, 밥도 줘, 목욕도 시켜 줘, 손톱도 칠해 줘, 모자도 사 줬잖아. 그런데도 이경미가 좋다고라?"

"응, 이경미가 좋아."

10번쯤 물어보면 엄마는 눈을 감고 "몰라."라고 한다. 왜 내가 더 좋을까? 얼굴이 엄마랑 붕어빵처럼 닮아서 그럴까? 참 알 수가 없다.

♥

우리는
쌍둥이인가 봐

나와 엄마의 관계는 모녀 사이라고 하기보다 서로의 '분신'에 가깝다고 표현해야 맞을 것 같다.

내가 피아노를 열심히 연습한 것도 아픈 엄마를 기쁘게 하기 위해서였다. 나만이 아니다. 우리 형제 모두가 자기가 주어진 상황에서 아픈 엄마를 위해 공부도 열심히 하고, 싸움도 열심히 잘했다. 엄마가 씩씩한 사람이 되라고 했으니까.

가끔 엄마는 내 얼굴을 가만히 쳐다보다가 "이숙아!" 하고 부른다. 아마도 나를 본인으로 착각하는 듯하다.

"나랑 이숙이랑 너무 똑같이 생겼지? 우린 쌍둥이인가 봐."

"오, 내가 그 말을 하려고 했어. 쌍둥이. 얼굴은 동그란 땡에 눈도 땡, 코도 땡, 입도 땡, 그림 그리기도 쉬워. 땡땡땡!"

"나는 이숙이가 너무너무 좋아."

"어머나! 나두야. 나두 동그랑 땡땡땡이가 너무너무 좋아."

"우리 재미나게 사이좋게 지내자. 우리 노래나 할까?"

"좋지. 니나노, 닐니리아, 닐니리아, 니나노!"

엄마 노래에 나는 앞에 있는 탁자를 치며 "쿵짜자작!" 하고 박자를 맞춘다. 이런 짧고 간단한 대화로도 엄마는 사랑을 느끼는 것 같다. 나는 가능하면 엄마와 스킨십을 많이 하려고 노력한다. 때로는 엄마의 가슴을 만지며 장난을 친다.

"우리 이숙이 가슴도 크구나야! 너무 섹시한걸. 이 정도로 섹시하면 친구들이 질투했을걸."

"맞아, 맞아, 친구들이 부러워했을 거야."

엄마는 손뼉을 치며 아기처럼 웃는다.

엄마는 아흔 살의 나이에도 주름살이 없다. 타고난 피부가 실크처럼 부드러운 살결이다. 하루는 엄마가 영양크림을 찾았다.

"내가 말이야. 요새 자꾸 생각이 안 나는데 내가 영양크림을 발랐나 모르겠어. 까먹는단 말이야. 목에도 주름살 안 생길라면 듬뿍 발라야 하는데. 그래서 말이야. 좋은 크림 있으면 혼자 바르면 안 돼! 나도 똑같이 니가 발라 줘야 하는 거야. 그리고 맛있는 것도 너 혼자 먹으면 안 되는 거다! 우리는 '쌍둥이'다! 똑같이 하는 거야!"

오이숙은 참 현명한 치매 환자다.

엄마는 매주 금요일 저녁, 아버지와 함께 안마를 받는다. 안마 선생님은 동네 사우나에서 알게 된 분이다. 내 사정을 듣고는 집

223

까지 출장을 와 주신다. 얼굴도 귀엽게 생겼고, 특히 눈이 예쁘다. 또 친절하기까지 하다.

엄마는 일주일 내내 이 선생님이 오는 날을 손꼽아 기다린다.

"이숙아, 선생님이 그렇게 좋아? 어디가 좋아?"

"눈이 예쁘고 귀여워."

엄마는 수줍게 대답했다.

"아, 이숙이 젊고 귀여운 남자가 좋구나?"

"어, 너무 좋아."

엄마 나이 아흔 살에 치매에 걸렸어도 나보다 여성호르몬은 더 많다. 우리 엄마는 지금도 여자, 여자다.

♥

오이숙의
다정한 딸들

엄마는 내가 요리하는 모습을 흐뭇하게 바라보며 얌전히 식탁 의자에 앉아 있곤 한다. 두 발을 달랑달랑 흔들면서 요리가 완성될 때까지 기다린다.

나는 요리를 잘한다고는 할 수 없지만, 재료만큼은 신선하고 좋은 것을 산다. 예전부터 엄마는 한국 음식보다 프랑스 음식을 더 좋아했다. 음식 맛을 좋아했다기보다는, 조금씩 곱게 장식되어 나오는 음식을 좋아했다. 그래서 나도 맛보다는 이것저것 작은 접시에 장식하듯 차려 낸다.

엄마는 자신을 위해 예쁜 음식을 만들어 줬다는 것에 기뻐하고, 맛이 없어도 무조건 "맛있다. 맛있다." 하며 남기지 않고 모두 먹는다.

치매 환자는 감정이 예민하다. 치매 환자의 감정은 정상의 우리보다 훨씬 풍부하기 때문이다. 치매에 걸렸다고 모르는 것이 아니니, 간식 하나라도 정성껏 차리려고 노력한다.

매주 일요일, 큰딸 경선 언니와 손녀 윤정이가 집으로 온다. 눈이 오나 비가 오나 어김없이 부모님을 보러 음식을 바리바리 싸 들고 온다. 지난 15년 동안 청소, 반찬, 집안일은 언니가 다 했다. 엄마는 와서 일만 하는 언니를 가만히 바라보다 눈이 마주치면 반갑게 웃어 주었다. 하지만 누군지는 확실히 몰랐다.

손녀 윤정이는 예원예고, 이화여대를 외갓집에서 다녀서 그런지, 엄마는 그저 윤정이만 보면 "예쁘다, 예쁘다."고 한다. 윤정이에 대한 기억이 희미하게나마 남아 있는 것이 분명하다.

일을 마친 언니가 엄마에게 인사를 한다.

"엄마, 나 갈게. 다음 주에 또 올게. 잘 놀고 있어."

그때 엄마가 내 귀에 속삭였다.

"아줌마 얼굴 있는 노란색 돈 좀 줘."

엄마는 5만 원짜리 2장을 접고 또 접은 뒤, 언니 손을 붙잡고 감사 인사를 했다.

"오늘 수고했어요."

엄마 나름대로 마음을 표현하고 싶은 거였다. 우리 모두 그 모습을 보고 코끝이 찡해졌다.

경진이는 우리 형제 중에서 제일 미인이다. 이화여대에 다닐 때 방송국 PD와 영화감독들에게 무수히 러브콜을 받았다. 엄마는 종종 이런 경진이를 데리러 학교까지 가곤 했다. 만약 경진이가 연예인으로 데뷔를 했으면 스타가 되었을지 모른다. 경진이는 말 타고 온 왕자님을 만나 34년째 시어머니를 모시면서 잘 살고 있다. 시어머니는 아흔일곱이신데, 다행히 치매 없이 건강하다. 하지만 연세가 연세인 만큼 몇 년 전부터 헛것이 보이거나 낮과 밤을 혼동하는 등 24시간 신경 써야 하는 생활을 하고 있다. 경진이는 몸이 약해 1년에 한두 번은 쓰러진다. 강한 신앙심이 있기에 이 두 부부는 마음을 비우고 모든 것을 하늘에 맡긴 채, 그렇게 착하게 살아간다.

얼마 전, 집에 온 경진이를 보고 엄마는 나에게 "저 사람 있잖아, 저 이쁜 여자 말이야. 틀림없이 내가 잘 아는 사람인데, 왜 기운이 없어 보이지? 어디가 아픈가?" 하며 머리를 긁적였다.

"엄마 갈게. 또 올게."

집으로 돌아갈 시간이 되자 경진이가 엄마를 꼭 껴안았다. 엄마는 경진이 얼굴을 쓰다듬어 주며 말했다.

"댁은 얼굴이 참 이쁘다."

"엄마, 나 오이숙이 딸 이경진이야! 오이숙이 딸이라구. 이숙이 딸이니까 이쁘지. 다 엄마 덕분이야. 고마워, 사랑해."

"오라! 이숙이 딸이니까 이쁜 거구나. 내가 잘한 거구나! 난 또 누구 딸인데 저렇게 이쁜가 했지. 고럼 고럼. 이숙이 딸이구나."

엄마는 손뼉을 치며 좋아했다.

막내딸인 경신이는 미국 워싱턴에서 산다. 기억을 잃어 가는 엄마를 보기 위해 1년에 한 번은 한국에 온다. 얼마 전에도 왔다 갔는데, 엄마가 처음에는 낯을 가리더니 경신이가 떠나기 얼마 전부터는 본인 딸이라는 것을 확실히 알고 있는 것 같았다. 경신이 별명이 '붕어'인데, 공항으로 떠나는 막내딸을 보고 갑자기 "붕어야, 잘 가! 또 와." 하고 지극히 정상인으로 돌아와 인사를 했다. 그런 엄마를 보고 경신이는 흐르는 눈물을 꾹 참고 "엄마, 또 올게. 사랑해." 하며 애써 돌아보지 않고 떠났다.

엄마를 보기 위해 서울에 막 도착한 경신이 얼굴을 보고, 엄마는 내게 이상하다는 듯이 말했다.

"저 여자는 왜 얼굴에 주름이 많니? 이마에도 있고. 나는 얼굴에 주름 하나 없는데. 내 딸이라고 하는데 얼굴에 주름이….'

"걱정 마! 내일 경진이가 피부과 데리고 가서 쫙, 도로 공사 할거래."

자기 딸이라는데 얼굴에 주름이 있는 게 속상했던 것이다. 미국에서 정착하고 사는 사람이 피부 관리에 힘을 쏟는 것은 여러모로 거의 불가능한 일이다.

경신이는 우리가 일본에 있을 때 일본의 와타나베프로덕션에 스카웃되어 연예인 연습생으로 훈련을 받고 TV에도 자주 나왔다. 경신이만 캐스팅됐는데, 엄마는 와타나베프로덕션 회장을 찾아가서 바로 위에 예쁜 딸이 있는데 이왕이면 두 명을 같이 출연시켜 달라고 부탁해 경진이도 TV에 출연했다.

한국이 아닌 그것도 일본에서 엄마는 48년 전에 벌써 딸들의 연예계 진출을 구상하고 있었다. 그만큼 너무나 앞서가는 엄마였다.

엄마의 성화에 못 이긴 경신이는 10일 동안의 서울 나들이 중 세 번이나 피부과에 가서 관리를 받고 나타났다.

"엄마, 나 어때? 이제 괜찮아? 이뻐?"

"그럼 그럼. 훨씬 이뻐졌구나, 붕어야."

엄마는 그제야 안심을 한 표정이었다.

6장

치매 가족
돌보기

♥

15년 경험을 통해 터득한
치매 꿀팁

칭찬하기

엄마는 우리 다섯 형제가 아무리 장난을 쳐도 야단을 치지 않았다. 물론 아픈 몸에 일일이 야단을 칠 힘도 없었겠지만, 엄마는 작은 일도 항상 칭찬을 해 줬다. 칭찬을 받으면 기분이 좋아지고, 용기도 생기고, 내가 벼슬이나 얻은 것처럼 당당해졌다.

엄마와 마찬가지로 나도 엄마에게 칭찬을 자주 한다.

"우리 이숙이는 가르쳐 주지도 않았는데 어찌 척척 다 알아? 천재 아니야?"

그러면 엄마는 너무 신나 어쩔 줄을 모른다.

"원래는 더 잘할 수 있어."

"아니야, 지금도 충분히 잘하고 있어. 너무 훌륭해!"

참 신기한 일이다. 지금의 나도 그때의 엄마처럼 항상 '칭찬'을 잊지 않는다. 엄마가 우리에게 한 것처럼 사랑을 되돌려 주고 있는 것이다.

중요한 식사 시간

하루 세 번, 세 끼 식사 시간이 치매 환자에게는 제일 중요한 시간이다. 매 끼니 정확하게 식사 시간을 지키고, 음식은 건강식 위주로 예쁜 그릇에 정성껏 준비한다.

치매 환자에게는 시각적 자극도 중요하기 때문에 음식 한가운데 딸기 하나를 올려놓는다거나 오이, 달걀, 토마토 등 다양한 색감으로 눈을 즐겁게 한다. 옷을 입을 때 목걸이나 브로치로 포인트를 주는 것처럼 색깔로 포인트를 주는 것이다.

음식 단어 외우기

엄마는 많은 노래를 잊었지만 장3도 도레미파솔라시도 가운데 미도를 아주 좋아한다. 오이를 먹을 때는 "오~이~" 하면서 '미~도~'의 음정에 맞춰 노래해 주면 엄마도 따라 부른다. 그리고 오이를 씹을 때 "사각사각 소리가 나네!" 하면 "오, 정말이네. 사각사각 재미난다." 하면서 소리 내어 먹는다.

"오! 오이에 숙을 붙이니까 엄마 이름이네, 오이숙!"

엄마는 박수를 치며 신기해한다.

이런 경우도 있다. 엄마는 우동이나 국수를 먹는 걸 참 힘들어했다. 숟가락에 우동을 돌돌 말아 입에 넣었는데 자꾸 떨어뜨렸다. 그런데 내가 "이숙아, 후루룩후루룩~" 하면 잘 받아먹었다.

뭔가 놀이처럼 하면서 긴장을 풀어 주면 못하던 것도 잘하게 되었다. 모든 음식을 그냥 먹으라고 강요하기보다 존댓말로 기분을 풀어 주는 것도 한 방법이다.

"천천히 드세요. 빨리 먹으면 배가 아야야 합니다."

"이숙이가 좋아하는 '꼬기'가 갑니다. 아, 해 보세요. 꼭꼭 씹으세요. 천천히, 천천히."

물론 이 모든 게 결코 쉬운 일은 아니다. 엄마가 점점 어린아이가 되고 밥을 먹여 줘야 하는 상황을 처음 맞닥뜨렸을 때, 나는 어찌할 줄을 몰랐다. 밥이 입에 들어가는지 코에 들어가는지 모를 정도로 식사 시간이 힘들었다. 하지만 이제 나도 베테랑이 되었다. 오늘도 나는 엄마와 소꿉놀이하듯 식사를 한다. 10년이면 강산이 변한다고 했다. 나도 10년이 지나고야 서서히 치매에 걸린 엄마와 편하게 소통할 수 있게 되었다.

피아니스트는 수많은 음들을 외우고 연주한다. 악보 보랴, 건반 보랴 이러면 더 정신이 없기 때문에 차라리 암기해서 연주하는 것이 편하다. 개인마다 다르겠지만, 마음 편하게 연주할 때까지 10년은 걸려야 내 것이 되는 것 같다. 모든 일이 다 마찬가지겠지만, '인내심'과의 싸움인 것이다. 치매 환자를 간호하는 일도 결국 나 자신과의 싸움이다.

자리 배치

"나이가 들면 뒷방 신세"라는 말이 있다. 내 나이만 생각해도 서러워 죽겠는데, 뒷방에만 있으라니 참으로 비참하다. 특히 치매 환자는 기억은 많이 사라졌지만, 감정은 일반인보다 풍부하고 예민하기까지 하다.

우리가 어릴 때부터 엄마는 많이 아팠기 때문에 집에서 '공주'였다. 엄마는 일하면 안 되는 사람이었다. 그리고 치매에 걸리고는 여왕이 됐다.

거실 제일 가운데 있는 의자도 엄마 자리고, 식탁 가운데 자리도 당연히 엄마 자리다. 해외 연주에 가도 엄마는 대통령이 앉는 VIP 자리에 앉는다. 그런 대우를 받고 살아온 것이 자연스럽게 몸에 배었을까? 치매에 걸려 어린아이처럼 변한 할머니지만, 엄마는 어디를 가도 여전히 당당하게 가장 좋은 자리에 앉는다.

추석이나 크리스마스에 선물이 들어오면 나는 "이숙아, 사람들이 이숙이를 너무 좋아하나 봐. 이숙이한테 선물을 이렇게 많이 보내 줬네." 하고 엄마에게 보여준다. 그러면 엄마는 두 다리를 흔들고 손뼉을 치며 좋아한다. 많은 사람들에게 사랑받고 있다는 것, 엄마가 이 느낌을 영원히 간직했으면 좋겠다.

벽 사진

엄마가 가장 긴 시간을 보내는 곳은 식탁이다. 내가 요리하는 모습을 볼 수 있고, 바로 고개를 돌리면 냉장고 벽에 수많은 가족사진과 나의 음악회 전단지들이 붙어 있다. 이것은 아버지의 작품이다. 엄마가 무의식적으로라도 하루에 몇 번은 이 사진들을 볼 수 있도록 아버지가 꾸며 놓은 것이다.

어느 날 아버지는 아버지가 받은 세 개의 훈장을 액자에 넣어 엄마가 제일 잘 볼 수 있는 벽에 붙여 놓았다. '호국영웅기장', '충무무공훈장', '녹조근조훈장'이 그 주인공이다. 어느 날 이 번쩍번쩍한 훈장들이 한쪽 벽을 차지했다. 우리 식구 그 누구도 아버지가 이렇게 대단한 훈장을 받았다는 걸 몰랐다.

왜 진작 말하지 않았느냐고, 파티라도 했을 거라며 아쉬워하니, 아버지는 전에 말한 것 같은데 아무도 관심이 없었다고 했다. 작년엔 문 앞에 '국가유공자의 집'이라는 표시가 붙었다. 아파트 앞집에 사는 이웃이 "경미 씨, 아버님이 국가유공자세요? 대단하시네요."라고 인사를 건넸다. 난 그것이 뭔지 몰랐다. 이 사진을 찍어 형제들이 모이는 단체 카톡방에 올렸더니 경선 언니에게 즉각 반응이 왔다.

"미리 말을 하시지. 혜택도 얼마나 많은데…."

우리 모두 이 사실조차 몰랐다. 나는 엄마에게 "이수영이가 나

라에서 주는 상을 세 개나 받았어."라고 했다. 내가 찍은 사진을
한참 들여다보던 엄마가 말했다.

"참 용쿠나야. 이수영이가 참 용타!"

엄마는 예전부터 이 사실을 알고 있었을까? 왜 우리에게는 자
랑하지 않았을까?

곤란한 질문은 하지 않기

어느 날, 식사 시간에 도형이가 문득 아무 뜻 없이 "우리 이숙이
피아노 연습했나?" 하고 물어보았다. 그러자 엄마의 얼굴이 일
그러졌다. 밥을 잘 먹고 있었는데, 갑자기 눈을 감더니 밥 먹기
를 거부했다.

간단히 말해 "밥 잘 먹고 있는데, 재수 없이 피아노 연습을 했는
지는 왜 물어보냐?" 이거다. 나는 엄마 마음을 너무 이해했다.
나 같아도 똑같이 반응했을 거다. 도형이는 너무 당황해 어쩔
줄을 몰라 했다. 엄마는 어릴 때부터 피아노 연습에 얼마나 스
트레스를 받았을까? 먹을 때는 개도 안 건드린다는데 말이다.

이 일이 있고 난 후부터 우리는 절대 엄마에게 곤란한 질문을
하지 않는다. 그러고 보니 치매에 걸린 부모에게 이렇게 묻는
경우가 있다.

"엄마, 나 누구야? 응? 나 누구? 내 이름이 뭐야?"

치매 환자 입장에서는 정말 짜증 나는 질문이다. 이런 질문은 안 하는 것이 좋다. 왜냐면 환자는 자존심이 강하기 때문에 '왜 그런 바보 같은 질문을 하는 거야? 나를 무시하는 거야?' 또는 '혹시 틀리면 어떡하지?' 하면서 불안한 생각에 사로잡히고, 결국 마음을 닫게 된다. 청각과 감성은 너무나 예민하고 기억은 들쑥날쑥하기 때문이다. 치매에 걸렸다고 바보가 된 것은 아니다. 기억이 희미하게 사라졌을 뿐이지 완전 없어진 것이 아니니 좀 더 세심하게 행동하는 것이 좋다.

치매 환자를 위한 인테리어

엄마가 치매에 걸린 후, 나는 개인 주택과 아파트 양쪽에서 모두 엄마를 모셔 봤다. 솔직히 개인 주택은 어려움이 많았다. 40년 된 2층 집이었는데, 청소하기가 힘들었다. 경선 언니가 매주 도우미 아줌마와 함께 와서 청소와 음식 등을 해 주곤 했는데, 언니가 정말 고생이 많았다.

엄마 같은 경우 무릎이 약해 걷는 것뿐 아니라 혼자 앉고 서기가 불편했다. 엄마가 넘어지지 않도록 벽이나 화장실에 안전 보호대를 여기저기 붙여야 했다. 이때 무작정 붙이기보다 병원이나 요양원을 방문해서 어떤 식으로 보호대 또는 보호망을 설치하는지 알아볼 필요가 있다.

결국 우리는 40년간 살던 보금자리를 떠나 도형이가 사는 아파트로 옮겼다. 개인적으로 아파트가 간호하기에는 훨씬 편했다. 단독주택에 살 때는 문 모서리가 많아 엄마가 다치고 넘어지기 쉬웠다. 특히 화장실 구조가 불편했다. 바닥이 미끄러운 타일로 되어 있어 공사를 하자니 문제가 한두 군데가 아니었다. 무릎이 아픈 엄마는 2층은 아예 올라가지도 못했다.

불편한 곳에 살다가 편한 곳으로 이사를 오니 우선 내 건강도 좋아졌다. 서울보다 훨씬 공기가 좋았고, 즐겨 가는 대중목욕탕도 가까이에 있었다. 이사 오면서 인테리어도 엄마 위주로 꾸몄다. 엄마가 좋아하는 가구부터 미끄럽지 않고, 다치지 않게 여기저기 안전에도 신경을 썼다. 40년 동안 살던 동교동 집을 떠나 일산으로 오면서 제일 걱정은 엄마였다. 혹시라도 엄마가 예전 집을 그리워할까 싶었는데, 다행히 엄마는 금세 잊었다.

비데는 필수

지금도 가끔 '비데가 없었더라면?' 생각만 해도 진땀이 난다. 비데는 정말 '노벨상' 감이다.

엄마는 평생 변비로 고생했다. 내가 유방암에 걸린 후 식이요법을 같이한 덕일까? 엄마의 변비도 전에 비해 많이 좋아졌지만, 치매에 걸린 후 운동량이 적어서 그런지 가끔 변비로 고생을 한다.

도형이는 엄마를 비데에 앉히고 엄마 앞에 본인도 쪼그리고 앉는다.

"이숙이 똥꼬 따뜻한 물로 마사지해 줄게. 이제 힘을 내자! 힘! 또 힘!"

"나 잘하고 있는 거이가?"

"그럼 그럼! 이숙이 멋있다."

나까지 합류해 이숙이 만세를 외친다. 만세가 왜 거기서 나오는지 모르겠지만, 엄마는 뭔가 자기가 일을 잘했을 때 "만세"를 외쳤다.

변비로 고생하는 경우, 비데에 앉히고 따뜻한 물주기로 5분 정도 마사지를 하면 훨씬 편하게 일을 볼 수 있다. 엄마가 볼일을 본 날은 달력에 '변'이라고 표시한다. 내 지인 중에는 변비가 너무 심해 병원에서 관장하다 죽은 사람도 있다.

샤워

샤워를 맡고 있는 도형이의 테크닉은 거의 환상적인 수준이다. 샤워도 대변 보기가 끝나면 비데에 앉은 상태에서 해야 안전하다. 수술 실력이 좋은 안과 의사라 그런지, 목욕시키는 손끝도 야무지다. 삭삭 좍좍, 빠른 시간에 깔끔하게 마무리를 한다.

치매 환자는 후각이 매우 민감하다. 샤워 비누는 엄마가 좋아하는 장미향으로 하고, 비누 거품이 많이 나는 것으로 엄마의 샤워 시간에 즐거움을 더한다.

환자를 둔 집은 화장실에서 빈번하게 사고가 일어난다. 대부분 목욕을 한 뒤 바닥에 남은 물기 또는 비누 때문에 미끄러지는 것인데, 자칫하면 대형사고로 이어질 수 있다. 환자가 일어나기 전에 바닥의 물기를 깨끗이 닦고, 그 위에 다시 큰 수건을 펴 놓는 것이 안전하다. 옛말에 "화장실에서 미끄러지면 제 발로 못 나온다."는 소리가 있다. 그만큼 화장실 사고는 재난 수준이다.

도형이는 엄마를 씻길 때도 엄마와 재잘재잘 대화를 나눈다.

"우리 이숙이는 누구를 닮아서 이렇게 이쁠꼬? 이숙이는 이숙이가 이쁜 거 알지?"

"그럼, 알지. 사람들이 나보고 다 예쁘다고 해."

"아니, 몸에도 나보다 더 근육이 많은걸! 몸매도 끝내주는구나."

그렇게 엄마와 아들은 목욕 시간에도 뭐가 그리 재미난지 깔깔거리며 웃는다. 그러다가 어느 날은 엄마가 도형이에게 아들 자랑을 했다.

"나한테 아주 예쁜 아들이 있는데, 공부를 너무 잘해요. 연예인인지 TV에도 많이 나와요. 나랑 같이 사는데, 아주 유명한 사람이에요. 아저씨는 몇 살이에요?"

"저는 나이가 좀 많아요, 사모님."

"아, 네에. 젊은 아저씨 고저 잘 부탁함메다. 깨끗하게 해 주시라요. 댁은 참 친절하기도 합니다. 감사함메다."

도형이가 아들인 것을 잠시 까먹은 것이다. 그래도 좋다. 엄마가 웃으면 그것으로 충분하다.

이 닦기

"우리 이숙이 이 닦는 거 좋아하지? 다른 아이들은 이 닦자 하면 다 도망가는데 말이야."

"이 안 닦으면 치과 가서 선생님한테 혼나."

"이숙이는 도대체 모르는 것이 없어! 천재야! 너무 이뻐!"

도형이는 엄마가 신나서 이를 닦을 수 있도록 추임새를 넣는다.

"위아래 위아래 옆으로 옆으로, 그렇지. 반대편도 옆으로 옆으로, 혓바닥도 좍 닦아야지. 물 마시고 우쌰우샤우샤우샤 퉤! 우쌰우샤우샤우샤우샤 퉤! 힘차게 뱉네. 브라보!"

다행히도 엄마는 이 닦기를 좋아한다.

구강 청결은 너무나 중요하다. 이가 썩거나 잇몸이 약해 음식물을 씹지 못하면 먹는 것도 문제가 되지만, 발음이 새기 때문에 말하는 것도 불편해진다. 말을 못 하게 되면 결국 자존심도 무너져 상실감에 빠진다. 이것은 심각한 문제다. 사람이 말을 안 하면 '실어증'에 걸리는 것이고, 곡기를 끊으면 영양실조 그리고 죽음에 이른다.

치매 환자가 횡설수설할지라도 맞장구를 쳐 주는 것은 이래서 더욱 중요하다. 또한 혀와 잇몸 운동을 시키기 위해 채소처럼 가볍게 씹어 먹을 수 있는 음식을 제공하는 것도 중요하다. 나이가 있다고 죽처럼 마냥 부드러운 음식만 먹는 것은 문제가 있으니 적절하게 식단에 신경을 써야 한다.

식기

엄마와 아버지도 나이 들면서 점점 손가락 힘이 약해졌다. 우리 집에서 쓰던 식기는 거의 사기그릇이었는데, 자주 깨지고 또 위험하기도 했다. 나는 모든 식기를 귀여운 어린이용 플라스틱 용기로 바꾸었다. 엄마의 식기는 귀여운 곰돌이, 고양이 등이 그려져 있는 밥그릇, 국그릇, 컵, 여기에 나무로 된 수저와 포크, 젓가락으로 교체했다. 어른용 앞치마도 잊지 않았다. 물을 마실 때는 빨대 또한 필수다. 그리고 엄마 곁에는 언제나 물티슈를 준비해 두었다.

패션

치매 환자는 유독 멋 부리는 것을 좋아한다. 이것은 '자존심'과도 연관이 있다. 타인의 눈에 처지게 보이지 않기 위해서다.

엄마는 집에 있을 때 주로 100% 면으로 된 라운드 티셔츠를 입는다. 분홍, 노랑, 주홍, 연두 등 화려한 색깔로 입는 것을 좋아한다. 바지도 100% 면바지다. 외출을 안 해도 깨끗한 옷차림이다. 도형이는 엄마가 그날 입은 티셔츠의 색깔에 맞춰 손톱까지 칠해 준다. 보통 딸들이 엄마에게 매니큐어를 칠해 주는데, 우리 집은 아들과 딸이 바뀌었다.

한 달에 한 번 도형이는 엄마를 모시고 현대백화점으로 나들이를 간다. 그곳에 있는 헤어숍에서 엄마 머리카락도 염색하고, 맛집에 들러 점심도 먹는다. 엄마는 아들과 데이트하는 날엔 유독 더 멋을 부린다. 과거의 영화배우처럼 한껏 차려입은 뒤 휠체어를 타고 화려한 외출을 한다.

봄에는 벚꽃 구경, 가을에는 단풍 구경을 하러 1년에 두 번 정도 부모님을 모시고 일본에 간다. 나와 도형이는 윗옷 2벌, 청바지 2벌이면 끝인데, 부모님은 매일 갈아입을 옷으로 코디를 해서 가져간다. 거기에 기저귀와 휠체어까지 챙겨야 하니, 보통 일이 아니다. 하지만 부모님에게 이 두 번의 여행이 얼마나 소중한지 알기에 가지 말자고 할 수는 없다. 초창기에는 여행을 갈 때마다 제일 센 진통제를 달고 살았는데, 10년이 넘다 보니 어느 정도 맷집이 생겨 요새는 힘들어도 좀 참을 만하다.

존댓말 하기

일본 사람은 예의가 바르다고 한다. 맞는 말이다. 아마도 아기 때부터 엄마들이 존댓말로 대화를 해서 그렇지 않을까? 우리도 엄마에게 존댓말로 대화할 때가 있는데, 그때마다 엄마는 아주 예의 바른 모범생으로 바뀌곤 한다. 마치 학생이 된 것처럼, 어제까지 쓰지 않던 단어가 불쑥 튀어나온다. 어렸을 때 선생님하고 나눈 대화가 어렴풋이나마 기억나서일까? 물론 사람마다 다르겠지만, 가끔은 존댓말로 대화를 나눠 보는 것도 치매 환자의 기억을 환기하는 좋은 방법이 될 수 있다.

노래하기

나는 엄마가 혹시 본인의 이름을 기억 못 하게 될까 봐 짧고 간단한 노래를 만들었다. 남들이 듣기엔 너무나 유치한 노래인데, 엄마는 아기처럼 좋아한다. 처음에는 매일매일 나 혼자 부르고 엄마는 박수만 치더니 몇 달 후에는 엄마와 딸이 같이 부르게 되었다.

잘 부르고 못 부르고를 떠나서 엄마는 이제 오이숙이 자기 이름이라는 것을 안다. 나는 오늘도 무한 반복해서 엄마 이름을 노래로 부른다.

"이숙아! 이숙아! 우리의 이숙아, 오늘도 즐겁게 신나게 놀자, 짠!"

"도미솔 도라솔 라솔라솔도미 레미레 라라솔 라소미 레레도, 짠!"

가슴 설레는 시간 만들기

외할머니는 우리에게 엄마의 어린 시절 이야기를 자주 했다. 엄마는 피아노뿐만 아니라 공부도 항상 1등을 놓지 않아 선생님들의 총애를 받았다고 한다. 그래서 그런지 지금도 엄마는 선생님을 참 좋아한다. 엄마가 가끔 고집을 피우면 나는 "선생님에게 전화한다."고 말한다. 그러면 엄마는 금세 얌전해진다.

엄마가 치매에 걸리면서 앉아 있는 시간이 더 길어지다 보니, 허리가 굳을까 늘 걱정이었다. 그래서 단골 목욕탕의 안마 선생님에게 도움을 요청했다.

선생님은 매주 금요일 7시면 어김없이 우리 집을 방문한다. 엄마는 이 시간을 정말 목이 빠지도록 기다린다.

선생님이 오는 금요일에는 머리도 양쪽으로 예쁘게 묶고, 색깔도 고운 티셔츠를 입는다. 그렇게 기다리던 선생님이 오면 엄마는 몹시 수줍어서 "안녕하세요." 하는 인사도 제대로 전하지 못한다. 선생님을 만나는 금요일이 엄마에게는 금쪽같이 소중한 시간일 것이다. 나는 그런 엄마의 모습을 보는 것이 너무 행복하다.

치매 환자에게도 가슴 설레는 시간이 필요하다. 여행이든, 사람과의 만남이든 자신이 살아 있음을 느끼게 해 주는 시간은 누구에게나 무척 값지고 소중한 것이기에….

음악 듣기

엄마는 매일 저녁 도형이 방에서 2시간 정도 클래식 음악을 듣는다. 다양한 음악을 듣는데, 베토벤 운명 교향곡이 나오면 "다 다다 단" 하고 큰 소리를 내며 지휘도 한다.

도형이는 엄마가 어릴 적 김일성 장군 앞에서 연주했던 바다르체프스카의 〈소녀의 기도〉, 와이만의 〈숲속의 메아리〉, 모차르트 피아노 소나타 K.331 3악장 〈터키 행진곡〉은 그 기억이 사라지지 않도록 매일 들려준다. 이 곡들을 들을 때마다 엄마는 어김없이 똑같이 말한다.

"어, 내가 저 곡을 장군님 앞에서 연주했잖아!"

또 도형이가 "오늘은 뭐 했어?" 하고 물어보면, 알아듣지도 못할 말을 신나게 떠든다.

"엄마가 놀러 와서 재미나게 놀다가 갔지. 너무 재밌었어. 친구들도 오고 다 좋았어."

"오, 진짜? 그랬구나. 이숙이 잘 놀았구나. 다음에는 엄마랑 친구들 오면 과자도 줘서 보내. 이숙이는 부자잖아."

"그래야겠어. 엄마한테는 용돈도 줬지."

"아이고, 멋있다. 이숙이 엄마가 기분이 너무 좋았겠다. 우리 이숙이는 얼굴도 이쁘고 마음씨까지 착하네."

도형이는 진짜 엄마 돌보기의 달인인 듯하다.

화해하기

엄마가 장난을 치다가 방바닥이나 화장실 문턱에 걸려 넘어질 때가 간혹 있다. 장난이 심한 남자아이들이 까불까불 놀다가 다치는 것과 같은 경우다. 나는 이때 절대 그냥 넘어가지 않는다. 한마디로 '야단'을 친다. 어릴 때 엄마가 우리를 훈육했듯이 나도 그렇게 한다. 옛날에 우리를 야단칠 때 엄마는 무서운 목소리로 말했다.

"망탱이 할배가 너 잡으러 온다!"

그럼 나는 무서워서 장롱으로 숨었다.

도형이가 없을 때 엄마가 바닥에 미끄러지면 정말 난감한 상황이 된다. 도저히 나 혼자서는 엄마를 들어 올릴 수가 없다. 또 큰 사고로 이어질 수 있기에 나는 그 옛날 엄마처럼 말한다.

"이숙아! 망탱이 할배가 이숙이 잡으러 온다! 나는 이제 이숙이랑 같이 안 살 거야. 나는 짐 싸서 내 집이 있는 러시아에 가서 다시는 안 올 거야. 내가 그랬지? 이숙이 넘어져서 머리 다치면 죽는다고. 이제 아무도 이숙이한테 안 와. 밥도 안 줘. 오줌도 똥도 여기서 앉아서 싸야 해. 아무도 이숙이 안 도와줘. 왜 장난 쳐! 아주 나쁜 어린이야!"

그리고 30분쯤 엄마에게 관심을 보이지 않는다. 시간이 흘러 엄마 방에 가면 엄마는 요리조리 내 눈치를 살핀다.

"미안합니다. 죄송합니다. 다시는 안 그럴게요. 나는 재미나게 놀고 싶었어요. 우리 재미나게 지내면 안되겠슴미까?"

어느새 엄마의 코끝이 빨개져 있었다.

"이숙이 넘어지면 죽는 거야. 죽으면 재미나게 놀지도 못하고, 맛있는 것도 못 먹고, 꽃구경도 못 하고, 아이스크림도 못 먹어. 이제 걸을 때 절대로 정신 차려야 해."

"알았어. 이제 아무 곳도 안 가는 거지? 절대 가면 안 돼! 우리는 쌍둥이잖아."

"응. 우리 화해해. 미안해. 안아 줄게."

"망탱이 할배 안 오는 거지?"

"어, 안 와. 늙어서 죽었나 봐."

어린아이가 된 엄마, 그런 엄마를 우리는 여전히 너무너무 사랑한다. 아낌없이 주는 나무와도 같았던 엄마의 삶…. 그런 당신을 어떻게 사랑하지 않을 수 있을까.

닫는 글

"자장자장, 우리 아가, 잘도 잔다, 우리 아가…."
지금도 내 귓가에는 엄마가 불러 주던 자장가 소리가 맴돈다.
엄마는 어린 나를 품에 안고 오른손으로 엉덩이를 가볍게 토닥
이며 노래를 불러 주곤 했다.
어느덧 환갑이 넘은 나는 아흔 살이 되어 가는 엄마를 품에 안
고 그 옛날 엄마가 내게 그랬던 것처럼 '자장가'를 불러 준다.

　　이숙이, 이숙이, 잘도 잔다.
　　우리 이숙이 이름은 이숙, 성은 해주 오씨.
　　고향은 평양 하수구리 216번지. 잊지 마라, 이숙아.
　　하느님, 부처님, 마리아님 세상 모든 신(神)이시여.
　　우리 이숙이 잊어버리지 않게 지켜 주세요….

노래가 끝날 때쯤, 내 눈가에 고여 있던 눈물이 한두 방울씩 엄
마 손등에 또르르 떨어져 내린다. 토실토실한 엄마의 고운 손에
자리 잡은 검버섯은 요 며칠 사이 점점 더 커지고 있다.
엄마가 꿈꾸던 피아니스트의 길을 걷고 있는 나를 보면서 그동
안 엄마는 대리 만족을 느끼며 살았는지도 모르겠다. 형제 중에
서도 유독 나는 엄마를 많이 닮았다. 그래선지 우리는 평생 단
짝 친구처럼 지냈다.

피아니스트로 사는 건 영광의 길이기도 하지만, 또 다른 의미에선 '죽음' 그 자체다. 무대에 오르기 전까지 끝도 없는 연습과 긴장 속에서 살아야 하기 때문이다. 만약 엄마가 없었다면 그 긴 세월 피아니스트로 살아남지 못했을 것이다.

이제 엄마는 나를 '엄마'라고 부른다. 요즘 나는 집안 살림과 엄마를 돌보는 재미에 빠져 살고 있다. 내가 이런 일에 소소한 즐거움과 행복을 느끼게 될 거라고는 단 한 번도 생각해 본 적이 없다. 피아노 건반을 두드리던 손으로 엄마를 씻기고, 재우고, 먹이는 일로 하루의 대부분을 보낸다. 하지만 그 어느 때보다도 마음은 충만하다. 이렇게 평화로운 시간을 자연스럽게 받아들이기까지 15년이라는 시간이 흘렀다.

동생과 나는 서로 약속을 했다. 부모님 두 분의 장례식은 '행복한 장례식'이 되게 하자고. 두 양반 참으로 좋은 인생을 살았다고 말할 수 있도록 아낌없이 사랑하자고 말이다.

언젠가 동생과 나는 이런 말을 하게 될 것 같다.

"우리가 최선을 다해서 정말 기뻐."

누구나 영원히 살 수는 없다. 엄마와 작별하는 그날, 우리 가족의 마음이 봄 햇살처럼 따사롭기를 바란다.

또 하나의 꿈은 백야 시즌에 2개월 정도 나만의 시간을 갖고 소설을 쓰는 것이다. 그동안 나는 언제나 바빴고, 사람들에게 둘러싸여 있었고, 피아노 연습에 지쳐 있었다. 러시아 집에 열흘 이상 머물러 본 적이 없었다. 언젠간 그곳에서 혼자만의 시간을 가져 보고 싶다.

이 글을 마무리하며 무엇보다 동생 이도형에게 감사 인사를 전하고 싶다. 가족에 대한 깊은 사랑으로 헌신을 아끼지 않았던 나의 동생은 우리 가족에게 온 천사와 같다.

더불어 이 글을 읽는 모든 분들이 건강하시길 소망한다.

2024년 5월, 이경미

엄마의 자장가

초판 1쇄 발행 2024년 5월 15일

글 이경미

발행 (주)조선뉴스프레스
발행인 이동한
편집인 김보선
기획·편집 김보선, 박소율

그림 킨주리
사진제공 조선DB, 셔터스톡
교정·교열 박해인
디자인 고정선

마케팅본부 박미선 본부장, 조성환, 박경민
편집문의 02-724-6710
구입문의 02-724-6795, 6797
등록 제301-2001-037호
등록일자 2001년 1월 9일
주소 서울시 마포구 상암산로 34 디지털큐브빌딩 13층

값 17,000원
ISBN 979-11-5578-504-1 13810